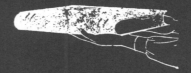

日日好話

古典智慧給現代人的生活格言

琹涵　著

目次

卷三　時刻。歡喜相會【處事】

卷四　堅持。寬闊人間【接物】

卷五　快樂。近在咫尺【齊家】【惠吉】【悖凶】

尾聲　祝福。夢想不遠【敦品】【學問】

序——在智慧中行走

人間行路，有太多的風霜雨雪。誰能平安涉渡呢？恐怕仍須仰仗前人的智慧。

那些古典的智慧箴言，宛如陽光，不只為我們驅走暗夜，帶來希望，更鼓舞了我們繼續前行的勇氣，我們因此得以走過困境，柳暗花明又一村。

這古典的智慧箴言，成為我們人生的寶典，足以代代相傳，流轉不歇，振奮了無數的人們，從而走出光燦的未來。

溫暖，從勵志開始

給好朋友打個電話，他說：「我們都覺得妳很了不起，到現在仍然勤寫不輟。許多人都有些懶了，只有妳依舊勤奮不歇……」

這樣的鼓勵，讓人覺得溫暖。

寫作，嘔心瀝血，實在需要精神支持。不是有人說過嗎？「創作的艱苦有如攀爬崇山峻嶺，從上路的那一刻到最後的歇止，從來沒有任何的捷徑。憑藉的，唯有不斷的追尋和努力。」

還好，因為是興趣，所以可以甘之如飴，艱苦不辭。

可是仔細想想，在寫作的漫漫長途裡，我其實得到很多的善意。出版社給了機會，讀者給予支持，人生旅程沒有太多的艱難，手足友愛，健康尚可……種種因緣，才使得寫作的持續成為可能。

為此，我心懷感激。

寫作，我從勵志開始，真正的目的，是用以激勵自己。我並沒有想到成書以後，它會受到歡迎。

我的主編朋友跟我說：「勵志文學永遠都有市場，因為人人都需要鼓勵。尤其，妳的文字誠懇，無人能出其右。」

我的作家朋友則說：「妳用溫柔的文筆來說理，別人想模仿也很難，那已經是風格的問題了，難怪能夠一枝獨秀。」

這些都是鼓勵，讓我在寫作的長途中，依舊能堅持前行。

智慧的啟蒙書《格言聯璧》

四十年來，在寫作上也曾有過許多嘗試。寫詩，寫傳記，寫兒童文學，寫寫作教室，但仍然以散文最多。最近幾年，嘗試著讓生活散文和經典文學相結合，就從我最喜歡的詩詞、語錄開始。詩詞字字珠璣，精緻雋永，歷千年而不衰。語錄則言簡意賅，有著先人的智慧。《格言聯璧》是其中的一本。

《格言聯璧》中，收集了許多的格言名句，那是幾千年來先哲的修養、智慧和思慮的菁華，也包括了一般民眾從尋常生活和風俗民情裡，所感悟出來的經驗教訓。

這些嘉言警句，宛如美玉，的確是可以作為我們為人處世的準則。讓我們的言行舉止有所遵循，或三五言或七八句，簡潔精鍊，卻滿含著對美善的追求，期待提升性靈。

當「教養」成為話題

人人都在談「教養」，教養是什麼呢？那是做人的道理。

現代的人生活緊張，人際的摩擦時有所聞，怎麼辦呢？唯有增進教養，行止有節，才會是讓人尊敬的。

我們需要進德修業的書，讓先人洞徹的智慧來陪伴我們，以提高品格的境界。《格言聯璧》是很好的一本。

其實歷代的文人學者，早就注意到這本書了，書中的嘉言錦語，可作為座右銘，以為自己言行的依據。

我們不可能永遠一帆風順，那麼，面臨困頓的時刻，當我們徬徨失據，又該何去何從呢？

不妨考慮找一本《格言聯璧》來讀，書中的金玉良言，可以給予我們撫慰。字字深入肺腑，像是一盞燈，為我們照亮了眼前的路途，重新看到了理想。

更可貴的是，它讓我們得以在智慧中行走，無有煩憂。

高中的時候，我的小學妹送了我一本《格言聯璧》，作為畢業賀禮。後來我到台北讀大學，畢業以後回台南的鄉下教書，《格言聯璧》是我的隨身書之一。不論歡喜、悲傷、孤獨的時候，我總是拿起來，讀它幾則，都覺得非常受用。原來，當心中的陰霾盡去以後，我們又可以看到朗朗晴空，一切的挫折失意，也都雲淡風輕了起來。

我的心，又重回到原始的平靜。

歲月流逝，物換星移，不知又過了多少年，和學妹也失聯了許久，真心希望她日日安好。

帶領生活的格言

我花了很多時間，來寫生活中遇到《格言聯璧》的種種感懷和了悟，經典的智慧書不應該只供奉在知識的殿堂，也但願大家都能看到它親和可愛的一面。這樣，我們會更喜歡它，更樂意親近也受其薰陶。

細細的品味，慢慢的寫，真正受惠的，是我自己。

日日好話，就在每一次我們所遇見的美好生活裡，我們隨處可以看到古典智慧閃耀的光。

當這些智慧箴言，成為言行的依歸，我們的人際更好，在團體裡受到歡迎，人生之路也走得更為順遂。至此，我們深深領會到祖先豐厚的遺產，是這般的博大精深，以及身為中華兒女的驕傲。

有一次，我在報上副刊讀了一篇短文，作者力主：好文章要輕而清，卻言之有物，讓人有所會意。不應讓讀者讀了只是沉重、困難和倦怠，沒有收穫。

真心希望我寫的文字也能輕而清，讓讀的人覺得優美、愉悅、雋永，讓心靈得到提升，這樣就夠了。

這是我的努力，誠心期盼《日日好話：古典智慧給現代人的生活格言》也會是這樣的一本書。

首卷

夜空。繁星滿天

暗夜，我仰望，有繁星滿天。
到底他們想要傳遞怎樣的訊息？
繁華只是一夢？還是，鏡花水月總成空？
我在星光的閃爍裡，卻讀出了希望。

公車司機

整整一個月沒有去晨泳，當然也就不再搭清晨的第一班公車了。

起先是碰到舊曆新年，游泳池也暫停使用，後來有幾次寒流來襲，我也因此躲懶，春節期間訪客多，親友走春，同事來，朋友也來，倏忽一個月就過去了。

終於決定讓生活步向正軌，第一件事就是恢復游泳。

一上公車，司機先生就跟我說：「好久不見了，從去年到今年！」

呵呵，運將幽默喔。

以前，我每天得搭公車上下班。有一次放學後，我才剛踏出學校的大門，就看到公車快來了，實在太累，沒力氣跑到站牌。心想：算了，還是搭下一班吧。沒想到司機先生就在我的身旁停車，車門打開，我受寵若驚的上了公車。司機先生還跟我說：

「上一班車才剛過，看來，就只載妳一個人了。」離峰時間，果然如此，車上只有我一個乘客，連續八站，無人上下，直載到我家附近的站牌。這時，天空卻飄起了雨絲，他還問我：「需不需要傘？」……第二天，我說給學生們聽，他們羨慕的說：「簡直是超大型計程車！」我還記得那位司機先生姓簡，搭他的車有好多年，有時遇到有時沒，後來他換了另一條路線，就無法再相遇了。

有一年冬天，我中午去游泳，只搭一站就下車，司機先生很驚奇的問我：「只搭一站喔。」我說：「是啊，都讓你們賺太多了。」司機先生好像要再說什麼，可是我已經下車了。後來，有一次，又在回程時搭了他的車，他就趕忙問我：「要不要坐久一點？妳可以去台北啊。」哈哈，原來他記得我。

曾經有一回，我遇到有個太太帶著兩個小男孩上車。在下車前，有一個小男孩按了鈴，燈亮，司機先生就知道下一站有人要下車；可是另一個小男生簡直要哭起來，他也想要按鈴，可是沒有機會了。司機先生知道以後，就把車門打開再迅速關上，讓另一個小男孩也按鈴，心願得償，多麼富有人情味，還是大台北區的公車呢。那一天，我總覺得溫馨滿懷，每回想一次，就開心的笑起來。……

書上有這樣的一句話：

天地不可一日無和氣，

人心不可一日無喜神。

天地之間不能一日沒有和氣，人的心中也不能一日沒有喜神。人常和悅，便也感染了四周一片歡喜，憂煩因此遠去，多麼好啊。搭公車，也會有許多可愛的事發生，尤其，遇到好心的公車司機，更為平淡的生活增添了顏彩。古人說：「同船共渡，也是緣分。」我也的確這般深深覺得。

一個美麗的名字

名字，也常帶給我們不同的思維。我在書上，讀到這樣的句子：

稱人以顏子，無不悅者，忘其貧賤而夭；
指人以盜蹠，無不怒者，忘其富貴而壽。

稱呼別人為顏子，被稱的人沒有不高興的，竟忘了顏回一生貧賤而且早夭；指稱別人為盜蹠，對方一定滿懷憤怒，卻忘了盜蹠享有榮華富貴而且長壽。

我曾和一個愛茶的朋友談茶。

他說：「金萱茶，所以受到大家這樣的喜愛，是因為有個好名字。」

我也愛喝金萱，只因為名字好？聽到他這麼說，我是很不服氣的，總要辯駁幾句：

「金萱茶喝來有奶香的味道，像少女一樣的清新可人，是很討喜的。」

唉，青菜蘿蔔各有所愛，原也強求不得。我又何必振振有詞的辯解呢？

但，平心而論，金萱的確是個好名字，讓人有著更多美麗的遐想，在芬芳的茶香裡，喝來必然覺得滋味無窮吧。

我讀高中的時候，隔壁班有個女生，名字就叫「康乃馨」，在那麼久遠的年代，寶珠、美惠、秀卿、麗玉……滿街都是，相形之下，她的名字就顯得非常特別；尤其，在陌生的場合，需要自我介紹時，她總是說：「我叫康乃馨，一朵花的名字。」果真讓人一聽難忘。十七八歲的康乃馨，青春洋溢，當然是美的。

上大學時，新生訓練的第一天，我們就聽說外文系有個女孩叫「林黛玉」，不是外號，而是本名。果然點名時，一叫到「林黛玉」，人人伸長了脖子，好奇的想要一瞻佳人的風采。這林黛玉也清清秀秀，瘦弱纖巧，外型看來，也並不辱沒《紅樓夢》一書的女主角。

康乃馨後來讀了哪個大學，我不知道。而這林黛玉和我同校，只是系別不同，也住在女生宿舍，但不同房。有一天，林黛玉到我們的寢室來，問一個字怎麼念。必然不是常見易懂的字，才須大老遠找上我們。偏偏我們也不識得，只好誠實的招認。

林黛玉很不高興的說：「妳們不是讀中文系的嗎？」

偏又被那伶牙俐齒的人所搶白：「我們又不是中文大辭典！」

林黛玉只好怏怏離去。

後來倒是聽說，這林黛玉的個性也不很開朗，偶爾也使小性子，還真有幾分像書裡的林黛玉。「這樣，到底好不好呢？」我們還曾經討論過，結果卻也忘了。以當時我們的年少，還能有什麼了不得的見解？

我想，有一個美麗的名字，一如有個漂亮的外貌，在初相識時，必然容易引人注目；然而，時日久了，也唯有那美好的內心，才能真正散發芬芳，歷久而不衰。

一個美麗的名字，如果沒有相得益彰的內在來搭配，恐怕也只是一場虛幻罷了，哪能真正讓人由衷的喜愛？

自己嚇自己

我覺得極度的疲憊，喝了一杯熱咖啡，吃了兩小塊可頌麵包，似乎好了一些。

到底發生了什麼事？

最近的治安不好，我學我的朋友，如果家人外出，只留自己一個人在家時，那麼大門要鎖好，以防宵小進入，應變不及。

那天我一如往日，把大門鎖好，栓子拴上，第二道鐵門也轉好，壞人一定進不來。然後，我看報紙，上朋友的部落格回應……

接近中午時，有人按門鈴，郵差先生送限時掛號信來。

我匆忙扭開門鎖，竟把鎖頭拉開了，而門原封不動。糟了！我心裡暗叫不好。我得把螺絲拴好，再看能不能開？試了幾次，全都失敗。我揚起聲音，跟門外的郵差先生說：「不好意思，請再等我一下。」

郵差先生說：「慢慢來，我等妳。」可是，我一試再試，全告失敗。我只好說：「怎麼辦？門還是打不開。」我焦慮萬分，更怕耽誤郵差先生的送信工作。他居然說，「要不要我幫妳叫鎖匠呢？」我想到橫槓的栓子也已經拴上，外頭也並不是那麼輕易可以打開。

好心的郵差先生說：「我下午，再幫妳送一次好了。」我很感激，但過意不去，我說：「謝謝你，請把招領單放在我的信箱就好，我禮拜一會去郵局領。」我不斷的試了又試，還是打不開。是的，壞人的確進不來，可是我也出不去了。天啊，怎麼會這樣？

我會不會死在屋裡？

不知隔了多久，哈利路亞，門鎖被我轉開了，所有的危機終於解除了。

可是，我受到的驚嚇，一時之間，不能平復。

有一句話說得好：

事事難上難，舉足常虞失墜；

件件想一想，渾身都是過差。

作任何事都會遭逢許多的困難，應以小心謹慎為要；仔細想想自己的言行，渾身上下只怕到處都是差錯。

仔細思量，這話真有道理。

唉，我還真的不是普通的「笨」，閒居無事，就這樣自己嚇自己。

心病難醫

我們的一生，其實都在學習之中。

有這樣的一句話：

無病之身，不知其樂也，病生，始知無病之樂；

無事之家，不知其福也，事至，始知無事之福。

身體健康時，從來不知道這是一種快樂，一旦生病了，才體會到無病的好；平安無事的家庭，也並不明白這是一種福分，直等到災禍來到時，才知平安無事的幸福。

「不經一事，不長一智」，說得還真有道理。

家裡有個病人，如果是重症病人，總是讓人擔心，尤其是精神分裂者，照顧起來更為棘手。

好朋友的外甥女瑋瑋到她家來長住，她患精神分裂多年，就醫無效。真是可惜啊，大學畢業不多久就發病了，胡言亂語，幻覺幻聽，幸好不曾暴力相向。怎麼會弄到這樣的地步？

好朋友說：「我妹根本就諱疾忌醫，老帶著她去收驚、喝符水，情形愈來愈糟，簡直不可收拾。後來瑋瑋從台北送到南部來，和借住的親友們都處不好，最後就住在我這裡。」我的好朋友未婚，房子大，生活單純而且上進，其實住她那兒也很適合。

後來去看醫生，吃藥，然而問題仍多，總是疑神疑鬼，認為別人待她不好，有人要下符害她，包括她的阿姨和鄰居們。其實，是極度的欠缺安全感。我鼓勵她寫部落格，上網去看，寫得很不錯，完全看不出是個病人。她寫飲食，各種餐點名店，很多還是我不知道的呢。看來情形穩定了許多，說是要回台北去了，然而，回去不及一週，復發，只得又往南送。

「又都退步了，有幻覺、幻聽，重回原點。」

我建議好朋友需要逐日記錄她的各種反應，說了什麼話，做了什麼事，有何異常的言行舉止，這樣才能看出她是逐步的好轉還是惡化？否則，沒有確切的依據，是很難加以判斷的。

精神上的疾病不容易好，可是事情既然發生了，只有共同面對。大家一起來努力，相信總會有轉機的，最怕的是冷淡、不加聞問，那就只有讓她自生自滅了。

瑋瑋是幸運的，至少有那麼多關心她的家人，更應該振作起來，只有自己加倍的努力，事情才有轉圜的餘地。如果不肯走出來，只想賴著別人，一味的逃避，只有更加棘手，那時候，恐怕誰也無能為力了。

智慧的人生

雅玲是個漂亮寶貝。清秀的臉龐，大眼睛眨呀眨的，可惜她得要拄著拐杖才能走路，小時候的一場病，讓她從此不良於行。

她曾經跟我談起，她讀書時，怎麼跟同學一起玩鬧。她說：「班上得小兒麻痺的同學有好幾個。上體育課時，別人都出去打球了，我們就在室內玩。拐杖是手的延伸，只要碰觸到對方，對方就算輸了。」我記得她讀的是女校，青春耀眼，即使未必靈活的肢體也禁錮不了冀望奔放的心。

她讀書的時候，曾經有外國醫生到台灣來，替像她這樣的患者開刀，很多人都趨之若鶩。她的母親也希望她前往一試，她的一些朋友早已手術過了，初期都覺得很好，她卻很遲疑。她親自前往探看，有一次看到尚未手術前，竟要被五花大綁動彈不得，手術真的有必要嗎？一定會成功嗎？她寧願接受此刻的自己。多年以後，當初手術的朋友有不少情形變得更糟，甚至失去了自理的能力。她說：「即使殘缺不便，上天仍然讓生命有它的出口，手術，有時候也可能是一種剝奪。」她的冷靜，其實也是一種智慧的表現。

父母是疼她的，擔心她長大了無所依靠，給了她一棟店面的房子，收租就可以過活。畢業以後，她留在家裡陪伴雙親，有時候出去學一些中國結等手工藝，只是有興趣，並無意藉此維生。閒暇時，她學佛。有一年知道祥雲師父年歲大了，需要有人照料飲食起居，徵得父母的同意，她來到精舍為師父打理生活瑣事。她聰慧，什麼事都做，也學到了很多。師父是個讓人景仰的高僧，她在師父的身旁，受潛移默化十年，直到師父圓寂，智慧更上層樓。

我有幾次跟她一起出遊，都覺得她不可多得，問她閒暇時都做些什麼？原來，她成了大家的義工，上網找資料，四處傳送，幫了很多人的忙，想來她是個熱情的人。

最近我到承天禪寺，替往生的親友們超度，師父說，我必須每天念「南無阿彌陀佛」四千句回向。雅玲聽說，立刻問，「妳有計數器嗎？」沒有。所以我常數著數著，全都數花了，混沌一片。她知道了，趕緊專程為我送了電子計數器來，果然好用極了，貼心如此，讓人感動。

從她的身上，我讀到了這樣的一句話：

以恕己之心恕人，則全交；
以責人之心責己，則寡過。

以寬恕自己的心去寬恕他人，那麼就能和所有的人交往；以要求他人的標準來要求自己，那麼就可以減少錯誤的發生。

待人接物，雖是尋常事，卻蘊含著許多道理。

雅玲人美心美，果真是個可愛的女子。

風中芒花

那天，走過擎天崗，看到芒花在風中搖曳的身影，突然想起了妳。

好久不見了，妳都還好嗎？

知道妳的兒子通過插班考試，轉學到台中讀大學，這真的是一個天大的好消息。你們母子分離多年，終得團聚，長久以來，妳心中的懸念畢竟可以放下了。

兒子從小就是個貼心的孩子。妳和丈夫因工作關係分居兩地，妳的事情太多，忙不過來，兒子雖小，仍不得不送往保母家。他雖然不很願意，但也乖乖的去，那時他還沒有讀幼稚園呢。第一天，他回來時跟妳說，他有一個同學喔。原來，保母另外還照顧了一個小嬰兒，躺在搖籃裡。

兒子要上小學時，到台北來跟爸爸住，妳說，因為是個男孩，需要爸爸作為榜樣。

妳每週台北台中跑，其實也辛苦，但一家也總算團圓了。不料幾年以後，妳的婚姻出了問題，他是你們唯一的孩子，丈夫不可能把他歸還給妳。兒子的老師同情妳，給了協助，所以妳能到學校去見他。只是他常有惶然的神色，因為那是爸爸不允許的。後來，他上國中了，每次你們相見，他總是催著妳走，就怕爸爸知道了會生氣。國三時，說是要準備升學考，沒有時間見面，雙方日益生疏。上了高中，根本就不覺得有見面的必要，……在在讓妳感到傷心。

我常勸妳：「他還小，不敢違抗爸爸的意思，等他上大學，情形就會改善了。」可是兒子不肯見妳，妳擔心的是，將來會不會如同陌路呢？幸好有貴人從中協助，在他上高二時，畢竟母子得以相見，以後也都保持著聯絡和還不錯的互動。媽媽沒有在身旁照料，許多生活細節都顯得粗略了，妳好心疼，可是又能怎樣呢？命運的鎖鏈並不是那麼容易可以掙脫的。

幸好他長大了，讀了大學，也比較有自己的看法和做法。如今他能在妳的近處，也可以彌補多年來比較匱乏的母愛了，對妳或對兒子都是好事。

有一句話，是我很喜歡的：

鬧時煉心，靜時養心，坐時守心，

行時驗心，言時省心，動時制心。

喧嘩熱鬧時要鍛鍊心念，清靜冷寂中要修養心性，獨自安坐時要守住本心，付諸行動時要考察心志，發為言語時要省察內心，處理世事時要克制心緒。

聰慧如妳，也必然更為洞悉。

你們都曾像是風中的芒花，孤單的搖曳在大地之上，那悽惶之色，多麼讓人不捨啊。

如今你們可以相聚，可以攜手同遊，可以談天說地，共享生命的悲歡，我多麼為你們感到高興。

上天仍然成全了你們，我在歡欣之餘，真心為你們的相逢浮一大白。

向陽的小花

在我的眼裡，她多麼像是一朵向陽的小花。人說，為母則強。從她的身上，的確可以得到印證。

我認識她的時候，她才十三歲，是個乖乖的小女生，長大以後，也是個乖乖的大人。她嫁給了心儀她很久的班上男生，開始時是做進出口貿易的，她也跟著忙進忙出，才十來年，就碰上了景氣不好，生意只好收了起來。工作又不好找，丈夫賦閒在家，她也很能體諒。只是，有好幾年了，失業的丈夫脾氣愈來愈壞，一點也說不得。幸虧沒出嫁的大姑，總在開學時主動幫了她，兒女們才不至於失學。家用是需要錢的，她很快的找了工作，到別人家去幫忙照顧小孩，她盡責而且有愛心，一做好幾年，直到那孩子上托兒所或幼稚園，不需要了才離職。也很快的找到下一個工作，薪水勉強可以供全家生活。又過了幾年，丈夫也願意去當大樓管理員，她總算鬆了一口氣。丈夫的所得不豐，她也不敢要求他養家，能自給自足，有正當職業就已經是萬幸了。

她跟兒女們說：「要注意健康，盡量不要生病，因為醫藥費是額外的支出。要努力讀書，盡可能考上公立學校。私立的，我們讀不起。」兒女們也知道家中景況，兩個女兒都讀公立大學，兒子讀高中。如今，老大已經就業，她的擔子輕省了一些。丈夫雖然沒有養家，有時也會給兒女們零用錢，大致上都還好。而且看來，隨著兒女的畢業、工作，家中的情況慢慢的會更好。

即使是在艱難的時刻，她仍然努力支撐，不曾要求旁人援助。這樣的刻苦自立，實在非常堅強勇敢，我很佩服。

我曾經在《格言聯璧》一書中，讀過這樣的一段文字：

困辱非憂，取困辱為憂；
榮利非樂，忘榮利為樂。

困窘侮辱都不值得擔憂，自取困辱才真正讓人憂慮；榮華富貴稱不上歡樂，能忘卻榮華富貴才會有真正的快樂。

想到她在困頓之中的自立自強，讓人心生敬意，卻也有著幾分不捨。

她是我心目中一朵向陽的小花，永遠美麗。

鼓勵，如同陽光的溫暖。

如同陽光的溫暖

一天晚上，我的老同學打電話來，只是聊一聊。我們都喜歡教書的工作，也愛跟學生們攪和在一起。我說：「當年那麼真誠的付出，在許多年以後，回報也是豐美的。曾經那樣認真的對待學生，也讓我們的生命更有意義……」她很高興，有人跟她的想法相同。她說：「謝謝妳，每次跟妳說話，都得到很多的鼓勵。」

我們曾經是在研究所一起進修的同班同學。

那時候，她是班上最清純美麗的女生。她的手藝好，常替自己裁製新衣。她去買一些漂亮的零碼布，自己設計自己裁剪，果然別創一格，水噹噹。

後來，我還在報上讀到畢業的學生對她的懷念，我很確定那是她，因為她就在那所學校服務，而且她的名字也特別。教書能教到讓學生念念不忘，想必是很費心思的好老師。

其實，每個人都需要鼓勵。

許多年以前，我曾經見過一位知名的大作家，談話時，她常在我的面前感謝主編對她的鼓勵。當時我年少，覺得不可思議。心想：「以她的聲名遠播，所有的主編都會以能爭取到她的稿子為榮啊！」我後來才明白，一方面固然是大作家的謙虛為懷，另一方面即使是有口皆碑的大人物也一樣是需要鼓勵的。

我在書上，讀過這樣的話語：

有真才者，必不矜才；

有實學者，必不誇學。

真正有才能的人，必定不以個人的才能自負；真正有大學問的人，必定不會誇耀一己的學問。

的確，有才學的君子，多半謙和，虛懷若谷。

而鼓勵，從來都讓人感到溫暖，如同陽光一般。

我決定，從此更要經常跟別人說鼓勵的話，讓每個人都更願意走在美善的大道上，安和樂利，這不也是全民之福嗎？

我的未來，我作主

每個人都有他的未來，請記得，我的未來，我作主。

很多為人父母的，都太愛自己的兒女了，捨不得兒女跌跌撞撞，更捨不得兒女受苦。於是，常常越俎代庖，「你不知道啦，應該這樣那樣。」還說：「不聽老人言，吃虧在眼前。」我們的教育，常是期待兒女要乖、要聽話，而不是獨立思考和勇於承擔。

父母的經驗的確可貴，可以提供給兒女參考，在他徬徨失據的時候，給予建言；但是，並非強迫兒女接受你下的指導棋。兒女的人生，是屬於兒女的，由他自己當家作主。縱使遇到失敗挫折，那也是人生珍貴的經驗。我們無法期待兒女終生不受傷、不留疤，只能在他受創時，給予支持、撫慰和鼓舞。

在生命的旅途裡，我們要鼓勵年輕人為實踐夢想而勇往直前，為自己的人生努力與負責。不要怕，只要做，那麼，最終總有收穫，更何況自己流汗攀摘而來的果實最是甜美。

真的，人生是一條漫漫的長途，有許多時刻，未必前景分明，更未必看得到萬紫千紅，燦爛一片；然而，仍要執意前行，認真不懈。當視野不斷的被打開後，我們將驚奇的看到四季風景的佳妙，是如此的繽紛美麗。

放手是必須，在適當的時候放手，更是高明的藝術。

《格言聯璧》中的這段文字，可以作為就要展翅高飛年輕人的座右銘：

心志要苦，意趣要樂，氣度要宏，言動要謹。

一個人的心志要禁受得了艱難困苦的磨練，意趣要能快樂舒暢，氣度要恢弘廣大，言行舉止要謹慎小心。

飛翔，是個美夢，仍然要步步踏實，審慎經營。

至於父母，無需對兒女老是那樣的擔心，請將祝福替代擔心吧。相信他有成功的未來，相信他會美夢成真，相信他能走過所有的困阨，抵達夢想的彼岸。

我以為：這，也會是一種心想事成。

找尋那一片星空

每個人都有屬於自己的一片星空，只是，你找到了嗎？

常常聽到有人抱怨時運不濟，真的是這樣嗎？

從窗戶望出去，你看到了什麼呢？是一地的泥濘，令人怨恨？還是滿天的星斗，閃耀迷人？埋怨，只有加深心中的不快，毫無建設性可言，也使得原本的困難一籌莫展。滿天的星斗，是心境上的提升，讓人更有勇氣面對挑戰，也相信自己會有一個更好的未來，值得期待。

有一個知名的歌星，銷聲匿跡了很久，後來在螢光幕上見到她，風采不輸當年。才知道，這些年來，她被倒債、生意失敗、幫別人背書又出了問題……，不如意事接踵而來，不只原有的財產歸零，還債臺高築。她誠意的去跟銀行協商，然後，就馬不停蹄的想法子賺錢。可是時移事遷，已經沒有秀場可以登台，卡拉ＯＫ也不需要歌星，怎麼辦呢？她到處去演講。她說，她一直是上進的，努力栽培自己，擁有多方才能，連證照都有好幾十張。那時候，不覺得會有什麼用，到後來全都派上用場了。所以專長是很重要的，憑藉著各種專長，辛苦了好幾年，她果然努力還清了所有的債務。沒有落跑，沒有避居海外，如今還能抬頭挺胸的做人。

債務龐大，卻願意選擇面對和承擔，其實是讓人敬重的。

想當初，在她聲名遠揚時，她並沒有沉迷在紙醉金迷間，也沒有染上不良的習性，反而認真上進，讓自己擁有更多的才幹，有朝一日，困阨來到，仍能反敗為勝。

她的作為，一如《格言聯璧》中所說的：

花繁柳密處撥得開，方見手段；

風狂雨驟時立得定，才是腳跟。

能夠擺脫花團錦簇、燈紅酒綠的各種誘惑，方才顯出德行的高尚；處在環境險惡、遭逢挫敗時，還能夠胸有成竹，不為所動，才算是意志堅定。

處變不驚，有多麼的不容易，值得我們效法學習。

我有一個勤學算命的朋友，從紫微斗數學到姓名學，樂此而不疲。每次見面，我就讓她試算幾個。她的解說，頗能一針見血，很有見地。

我曾問過她，「學了這麼久，也好多年了，有什麼心得呢？」

她說：「一個人，只要能夠正向思考，那麼不管遇到什麼大的挫敗和打擊，其實是不用擔心的，也必然能夠平安走過困境。」

我給她的說法，按一個讚。

遇到困難，願意往好的方向想，不鑽牛角尖，不消極頹唐，才能比較快的振作起來，那麼更容易扭轉頹勢，也更能掌握轉機。不讓自己老是站在泥淖裡，沮喪灰心是沒有意義的。而是要努力找尋屬於自己的那一片夜空，繁星滿天，是怎樣的燦爛美麗。

你是不是已經找到了那一天閃耀的繁星呢？祝福你。

籬邊的小花

我們都是平凡人，有著一己的悲歡憂喜，生命旅程中種種的風雨困頓，也常讓我們徬徨憂苦。

住在南部的時候，有一天晚上，我很晚回家。走到鄰近家門時，聞到空氣裡有著幽幽的香味，那是七里香所散發的特有氣息，隨著晚風四處飄散。平日我不那麼愛七里香的味道，老覺得它濃濁了一些，偏偏我們家是以七里香作為園籬的。

想起母親曾問過我：「哪裡有含笑花？」這花，我全然不知，花名倒也饒富趣味，頗為含蓄。彷彿是少女含笑而立，另有一種清新。母親說：「這花的花瓣比夜來香寬大，黃昏時才開花。」那些年我忙得不可開交，也不曾刻意為母親去找尋。我想母親應該是見過含笑花的，或許有人送過她。

母親辭世以後，我老是想起這件事，總覺得心有愧疚。

不論含笑、夜來香、茉莉、七里香，這些香花都是白色的。有人說：「香花不美，美花不香。」上天何其公平，美麗和芬芳，兩者只能擁有其一。讓每一種花都有它的特質，各有迷人的地方。

我家的院子裡種有茉莉花和夜來香，的確香氣襲人，讓人陶醉。可是，圍籬的七里香才是大宗。因為太多了，所以在我的心裡也就沒有那麼珍貴。相形之下，七里香的花型最小，細細碎碎，像星星。

母親會喜歡七里香嗎？我從來不曾問過。

就在我的不經意間，七里香已經走入我的記憶裡，只是我一無所知。

很多年以後，我定居在台北都會。一日夜晚，走過住家附近的巷弄，竟然聞到熟稔的氣味，我知道那是七里香。不可能再是籬笆花了，一定是種在院子裡或者栽在花盆中吧。身分不同，受到的待遇會不會也優厚一些呢？

我在那熟悉的氣息中，好似受到了撫慰。有如面對故人的欣喜。如果小花歷經風雨的侵襲，仍能綻放鮮妍，我們又有什麼理由懷憂喪志呢？

生活既然是在不斷的持續進行之中，我們也在努力的學習，只要肯於時時反省、自我鞭策，從不輕言放棄，唯有禁得起各種歷練的人，也才能體會「苦盡甘來」的甜美。

《格言聯璧》裡，這麼說：

自責之外，無勝人之術；
自強之外，無上人之術。

除了自我努力，沒有勝過別人的辦法；除了奮發圖強，沒有超越別人的方法。只有自我要求高，肯努力上進，才能冀望會有一個美麗的未來。

儘管我認為，生命是豐富的，值得珍惜，也一直力求上進。說不定，在上天的眼中，我也只是一朵籬邊的小花，但祂依然給予清露和祝福。

風雨和陽光

今年台北的風和雨全都下在我的心中。

秋天過去了，冬天也過去了，我黯淡的心情終於稍稍緩解。

終究明白，花不能長紅，月不能長圓。人生為我們示現了無常，卻經常被忽略。

這樣的一場病，累壞了我的家人，也嚇壞了我的朋友們。

總算是康復了。

風雨成了過去，我接觸到陽光的溫煦，那般的開心，的確是不言而喻。

我曾經答應，好了以後，要讓住在彰化的朋友知道。

沒有想到她跟我說的是，上個月的中旬，夫婦倆爬完山，丈夫騎機車載她，就在回家的路上，竟然出了車禍。

車禍？多麼嚇人。

她說：「其實那條路，很少有人車，好幾年來都是這樣。當我們減速左轉時，沒有料到會有另一輛機車很快的從後頭衝撞過來，當然車倒人翻。丈夫昏迷，不醒人事。我拚命的呼喚，自己的腦中卻一片空白。」

當年，我的朋友可是台大醫學院復健系的高材生。

朋友卻說：「事情這樣的危急，只要求能保命就好，學校裡學的，整個忘光光了。」

丈夫總算醒了，救護車也來了，兩個人立刻被送往醫院急診。

丈夫看來很嚇人，半邊臉彷彿毀容，另外有半條腿也血淋淋的。她呢？左手小指頭的根部骨折，打上石膏，生活上很不方便。丈夫住院觀察三天，幸好沒有腦震盪。臉和腿也只是皮肉傷，復元很快，連醫生都感到驚奇。相較之下，自己的骨折反而費時費事，幸好拆掉石膏後，感覺好多了。

果然，吉人自有天相。

她還說：「有朋友跟我說，他認識的一對夫婦，也一樣騎機車出了車禍，結果妻子當場死亡，丈夫因傷重住進加護病房。遠在美國工作的兒子，只好辭職，返回台灣幫忙料理照顧。」

車禍多半可怕，有的車毀人亡，有的受傷，或輕或重，癒合需要時間，很是折騰人。生活上所引起的種種不便，外人恐怕是難以想像的。

會痊癒，就好。以後都要特別的小心。

《格言聯璧》裡這麼說：

居安慮危，處治思亂。

處在安寧平和的境遇裡，要想到可能出現的禍害危險；身於太平盛世中，應當考慮到或許會有動盪亂世的來到。

先慮憂患，戰兢惕厲，對每個人都是重要的。禍福相倚的道理，盡人皆知。然而，是不是仔細體察了呢？

人生總不免有困頓的時刻，生命裡的風雨也遲早都會成為過去，感謝我們能重拾健康，一定要加倍的愛惜。

陽光的溫暖多麼的珍貴，能在陽光下閒閒的走著，看山看水，看花看樹，那又是何其幸福的事。

簡樸生活

勤儉的人，生活也多簡樸。

如今，我的生活是愈過愈簡樸了。

本來，我的物欲就不高，東西合用就好，不在意非名牌不可。也不是那麼愛購物，覺得花費的時間多，不太合算。尋常日子都過得雲淡風輕，毫無罣礙，我覺得簡直太好了。

因為生活簡樸，我可以把更多的心力用在理想的追求上，或閱讀或寫字或學習，都讓我歡喜。

有一句話，我很喜歡：

奢者富不足，儉則貧有餘；
奢者心常貧，儉者心常富。

奢華的人雖然富有，卻總是嫌不足，勤儉的人儘管貧窮，卻常有所節餘；奢靡的人內心常感到空虛貧乏，儉樸的人卻覺得內在充實富足。

我常用這話來勉勵自己。

有一天，我決定要修屋，所有衣物必須打包，才發現早已氾濫成災了。我完全不記得那麼多的東西是幾時進入我家門的？也許是在不自覺中買下的；也許是禮物，來自餽贈。雜物更多，項鍊戒指筆記本圍巾花瓶字畫……無可計數，簡直是災禍。

能丟的丟，能捐的捐，能送的送，還是留下很多。書更多，那是我捨得買的，捐給二手書店，幸好他們找人來打包，省了我不少事。身外之物需要這麼多嗎？或許，人本來就是麻煩的，買了，結果還是要扔，這麼短暫的擁有，也不過是空歡喜一場。

當一個人遠逝，是什麼也帶不走的。

即使我自認過的是簡樸的生活，沒有想到真實的情形居然會是這樣。

還是要時時提醒自己，不要買東西。

記得，有個我很喜歡的作家，每次出國看上某件物品時，唯恐買回太多不必要的東西，就問自己：「不買，會死嗎？」當然不會，也就不必買啦。這倒是一個不錯的方法，努力遏止購買的欲望，相信會有相當的成效。

簡樸一些吧，被物所役，簡直是一種悲哀。東西堆得滿處是，幾乎不能呼吸。能清的，盡量清。讓房間變得清爽起來，可以走來走去，物空心也空，才能容下真正有價值有意義的。

理想值得熱切的追求，與人為善更是應該做的事，那麼，也唯有簡樸的生活才能支持我們放手去做。精神的豐美，多麼讓人羨慕。

簡樸也是美，在輕鬆自在裡，享有更深的歡愉。

卷二

日子。天天清掃

天高雲低，風光如詩。
曾經殷勤工作，日日不得閒，
無論風雨中、豔陽下。
就在這一季，可以採摘所有的美好。

搬運工

職業無所謂貴賤，然而，一個人如果因為個性怪異，無法和人相處，於是盡棄所學，甚至降格以求，是多麼的可惜。

他大學時，讀的是成大商學系，後來又拿了碩士學位，都五十好幾的人了，到如今仍然是個貨車司機兼搬運工。

我一聽，很驚奇，碩士在他那樣的年代，已算是社會菁英了。然而，知識分子成為勞工階級，學非所用，這簡直是教育資源上的大浪費。「他為什麼不用腦力賺錢呢？這樣的學歷，表示頭腦並不差啊。」

「他只會讀書，死死的讀，其餘一竅不通。」說話的是他的姊姊，我們在一家美容院整理頭髮，無意間閒談起來。

我說：「會讀書，也是一種本事。既然這樣，來考公職啊。例如：普考、高考、金融特考……」

「妳說的，我們也都勸過了，還替他拿了簡章、報名表，他根本就不聽。」

這是怎麼一回事呢？難道他心裡有病嗎？社交恐懼症？「他的人際關係怎樣？曾經參加社團嗎？有很多的好朋友嗎？」

「我看他沒有什麼朋友，很自閉的一個人，都不講話。即使是跟兄弟姊妹，也不太搭理。一開口，話很衝，誰也接不下去……」

或許，這才是大問題。

這樣的個性相處不易，成家也難。工作雖然不理想，他又沒有力爭上游的打算，一天拖過一天，老了年華，萬事成蹉跎。有一日，走在人生的盡頭，偶然回首，不知道會是怎樣的心情？

書上有一句話，是這麼說的：

心一鬆散，萬事不可收拾；

心一疏忽，萬事不入耳目；

心一執著，萬事不得自然。

心志一旦懈怠，所有的事情都難以做好；心思一旦疏忽，凡事都不會關心；心意一旦固執，做起事來都不能合乎情理。

看起來，很像是他人生的寫照。

幸好，到底還有一份工作，用以養活自己，沒有成為社會或家人的負擔。只是，畢竟是讀了不少的書，可歎習得的專業知識並沒有用在工作上，真讓人覺得扼腕。

想到自己，工作正是興趣的所在，還能學以致用，簡直是天大的幸福啊。為此，我深深感恩。

惦念

惠是我的泳友，高高瘦瘦的一個人，每天跑來跑去，做了很多事。

我其實很羨慕她呢，自認體力遠不及她的好。

每天清晨我到達泳池時，她早就在水中游來游去了。我總能在置物櫃中，看到她美麗的黃色大包包，還另有一袋沐浴用品。……偶爾我們會在熱水池中短暫相遇，但沐浴時，由於時間相近，我們常在緊鄰的浴室梳洗，有時候會說一些話。我曾經發現她的血壓偏高，她說那是來自母系的遺傳。我力勸她必須考慮吃降血壓的藥，她卻說：「曾經吃過，很不舒服，就不吃了。」後來我曾在廣播中聽到醫生說，「有些人習慣性高血壓，如果沒有不舒服，是沒有關係的。」我才沒有繼續嘀嘀咕咕。然而，當時的沒有堅持，或許是錯了。

有一句話，是這麼說的：

一念疏忽，是錯起頭；

一念決裂，是錯到底。

一念之差的疏失大意，常是錯誤的開始；固執己見，一意倔強，則是錯誤到底。所以，審慎有必要，廣納雅言有必要。

那天惠沒有來，大家都在問：「她怎麼沒來？」我們想，也許她有事，改在下午來。

雖然大家覺得有些奇怪，她一直是公認的好學生，幾乎是全年無休的游，我們都自歎不如，笑說：「太厲害了！真該頒個獎給她。」

一直記得要給惠打個電話，大家都記掛著她，可見人緣好極了。沒想到反而是她先給我電話，氣息微弱。天啊，真的生病了嗎？她說：「暈眩、嘔吐，還送到台大醫院急診。」

「醫生怎麼說呢？」

「得等情形比較穩定後，再去做詳細的檢查。」

我安慰了她幾句，勸她臥床休息，也傳達了大家的關懷之意。我以為是高血壓的症狀，看來，她是必須持續服用降血壓的藥了。

第二天，果然大家都關心極了，將會有很多探問的電話湧入。惠，祝福妳早日康復，快來游泳吧。每天我看著妳空空的位置，沒有漂亮的黃色大包包，沒有妳的沐浴用品，真是惦念極了。

鄰居婆婆

我們常覺得，如今的婆婆權力早已大不如從前了，有些婆婆甚至得看媳婦的臉色。仔細追究起來，其實這是人的問題，和角色的扮演無關。看來，人善被人欺，倒一點兒也不假。

我們住家的附近，有個鄰居婆婆很強勢，住在大兒子家，偏偏她又不喜歡那個媳婦，說是俗氣，沒什麼水準。我們看她的媳婦倒是很乖，外出工作，回來得做家事，侍奉婆婆，連懷孕時大腹便便，也不例外。婆婆要吃什麼，一一數來，媳婦稍有不從，立刻呼天搶地，四處打電話告狀。

其實，她另有一個兒子，也早已成家。二媳婦也在上班，就跟婆婆說：「我沒空，妳要吃什麼東西自己煮。」根本不甩她，婆婆的手段也厲害不起來。

本來言明，每家各住一個月，後來就長住在大兒子家，頤指氣使，快樂無邊。

有一天，出嫁的大姑跟夫婿吵架，婆婆一得知，便慫恿離婚，還要她帶著女兒也住到大兒子家來。婆婆還跟媳婦說：「女兒即使出嫁了，也永遠是我們家的人！」供吃供住，沒有二話。大姑的女兒夠大上學去了，媳婦就問大姑說：「要不要到附近的便利商店打工，賺一點零用錢？」婆婆聞言，馬上說：「不必了，那太辛苦了。」無意間發現兒子有兩棟房子，就說：「你妹好可憐，都沒有房子，你給她一棟吧。」完全不顧念兒子媳婦省喫儉用、努力攢錢的辛勞。

媳婦的母親到台北來住院開刀，手術後，媳婦煮了鱸魚湯送去，婆婆立刻抹下臉來：「妳不要老是顧著後頭厝……」話說得真是刻薄。

唉，我以為鄰居婆婆在當媳婦時，心性使然，恐怕會是個厲害媳婦吧。也算她的命好，登上婆婆的寶座，還有一個這樣孝順的大媳婦。

有一句話是這樣說的：

世俗煩惱處，要耐得下；
世事紛擾處，要閒得下；
胸懷牽纏處，要割得下；
境地濃豔處，要淡得下；
意氣忿怒處，要降得下。

面對世俗的煩惱時，要能忍耐；身處世事紛擾時，要能心存安閒；內心牽掛煩擾的事，要能拋得下；對眼前的高官厚祿，要能淡然視之；情緒憤怒激動時，要能加以克制。

雖然不容易做到，但值得我們時時提醒自己。人在做，天在看，我是相信天道好還的。

年輕的心

如何能讓自己永遠不老呢？

答案是：保有一顆年輕的心。

那天，我和朋友一起到中正紀念堂的懷恩藝廊，觀賞水墨寫生畫展，遇見了畫家本人。

畫家跟我說：「我今年七十五歲了。」

看他神采奕奕，笑容可掬，全然不像已逾古稀年歲的長者。是他得天獨厚？還是養生有方呢？

我靜靜地欣賞他的繪畫作品，一幅接著一幅細細看過，內心很是佩服。在我們的一生裡，學習是永無止境的，對理想的追求更是如此。

到底畫家在他的水墨天地裡，想要表達的是什麼呢？所有的線條和顏彩，不過只是工具而已。在他的多幅畫作裡，有抽象的韻律，也有寫意的神貌，交織而成流動的山水，自有迷人的風采。有些乍看粗獷豪放，但在細微處，仍見工筆婉約；有些呈現的是大塊意氣，但細細尋來，又見層次井然，內蘊豐厚。

我常覺得，藝術工作者所追求的未必是外在的具體形貌，而是內在的思維展現。他們孜孜矻矻，苦其心志，勞其筋骨，為這粗俗的世界創造了永恆的美。想到古往今來，有太多的畫家生前窮困潦倒，抑鬱以終；死後，卻大放異彩，每一幅畫皆屬天價。這樣的際遇，多麼讓人不忍。但，畢竟永世流傳的作品，昭告了畫家的精神不朽。

我對每一位願意為理想而奉獻心力的人，表達由衷的敬意。《格言聯璧》裡說得好：

只是心不放肆，便無過差；
只是心不怠忽，便無逸志。

只要心思不放任縱容，就不會發生過失差錯；只要心神不怠惰疏忽，就不會產生縱欲放蕩的念頭。

保守著我們的心，是多麼的重要！

朋友跟我說：「有一次，我無意間聽到，有人問畫家說，那你打算什麼時候出畫冊呀？畫家回說，八十歲的時候。」

是的，奮勇直前，懷抱著對生命的熱情，對理想的仰望，眼前是一個又一個的計畫，從不輕言放棄對藝術的追尋，也從不隨意停下前進的腳步。

一個人如果想要掩飾自己的不求上進，藉口可是太多了；何況是一個早已退休多年的長者呢？他大可以得過且過，頤養天年，但他卻致力於畫藝的精進，不肯歇止。這樣自強不息的精神，足以成為晚輩的學習典範。

是如此身體力行「活到老，學到老」，這般的鍥而不捨，更帶領著他走向豐美的精神領域。樂以忘憂，也就不那麼在意歲月的逐漸消逝了。

當一個人能保有年輕的心，其實就不會老去。

如果說畫家養生有方，那是他以藝術的追尋來滋養自己的生命，內心既有崇高的理想，便也活得興致盎然，日日都是好日了。

你希望自己能永遠不老嗎？那麼，請努力保有年輕的心。

勇於堅持

我在很年輕的時候，看過一次手相。那個老先生曾經驚歎的說：「妳的意志力很強。」

往後印證，這話是說對了。

只是，那時候年紀小，生活平順，沒什麼代誌，也看不出我的人格特質。後來，事情愈來愈多，需要處理，有些也很棘手，我常為了負責，堅持到底。

甚至，我的好朋友在面對器官移植的重重關卡時，有一次，他很沮喪的打電話跟我說：「我想，還是算了。」

怎麼會這樣？我跟他說：「不要放棄。」

問清楚了事情的原委，以方便追根究柢，幸好找到了貴人，終於好朋友順利的接受了移植，而且移植成功，實在太讓人高興了。

他平日好善樂施，幫助了無數的人，我相信這許多善緣的流轉，終究會回轉到自己的身上。所以，與其說幸遇貴人，還不如說，那是源自他的廣結善緣。

不過，也讓他見識到了我的堅持。

幾年以後，我的大學同學要開同學會，正逢畢業四十週年。最有意義的是，來出一本紀念集。

從邀稿、收集、編排、校對、郵寄，每個環節都很辛勞，幸虧同學都很幫忙。然而，最大的辛苦是找出版社。何況，是在這麼不景氣的時刻。

一家家的詢問、商討，幾乎都被打了回票；可是還得繼續去找、去談，歷經千百回。最後塵埃落定，由知名的出版社替我們出了書。

我終於明白，為什麼這本紀念集會成為全台灣的創舉，而且還被譽為「空前絕後」？原因是難度實在太高了。如果不是百折不撓，早就廢然而止。

《格言聯璧》一書中，有句話說得好：

處逆境心，須用開拓法；
處順境心，要用收斂法。

處在逆境的時候，要具有開創的志氣，時時努力；處在順境的時刻，要檢點言行，約束身心。

困難不會永遠存在，只要勇於面對，在艱難險阻中，也是一種鍛鍊。

唯有明白一己的不足，我們才會懷著謙卑的心，誠意的向別人請教和學習。也的確要鼓起勇氣，如此的鍥而不捨，禁受得起更多的磨難和挫敗，方能事起有功。

我也很高興能為班上的同學做一點事，尤其是這麼的有意義和價值。

他們一定想不到，昔日安靜的小女生，願意不畏艱苦，來出一本大家的紀念集。看得見、摸得著，如此的實體，真的很有意思。

只有堅持，才能見到成果。如果半途而廢，一切都是枉然。

堅持，有必要。我總是如此深信著。

生命在微笑

你看到生命在微笑嗎？

小的時候，我們並不知道生命有什麼意義和價值。那麼嚴肅的議題，距離童稚的我們是太遠了。

然而，我們總會長大。有人說：「人生識字憂患始」，我倒覺得，對生命的探源是有必要的。畢竟，有誰甘願混吃混玩、渾渾噩噩過一生？

「人活著，到底是為了什麼？」

「如何可以過一個有意義的人生呢？」

「怎樣的人生才是真正有價值的？」

這些疑問像一個個的大石頭堵在心上，我們奮力想要移開它，只是談何容易。於是，我們到書本中去尋求解答，希望先聖先賢的智慧之言能對我們有所幫助；我們常聽演講，親近師長，盼望就教於高明……為此，我們也用心的閱讀，冀望有一天眼前的迷霧得以散去，又見朗朗的晴空。

後來，我們輾轉於紅塵，經歷了很多的事，也在其中學習，得到了無數的啟發。我們深刻的了解到：愛的力量永遠勝過仇恨；也唯有寬容和諒解，才能消弭一切的對立和紛爭。愛帶來了希望與和諧，讓我們看到了美麗的明天。

這些，未必來自書本的教導，卻常由我們的生活中獲得。原來，我們今生所遇的每個人都是「菩薩」，他們的人生歷練都是一本本豐厚的書，給了我們許多的教導。這不是刻板的理論，而是活生生的教材，足以動人肺腑，引為平生教訓。

我常為這些真實的故事而低迴不已。有時候，我在某些故事裡當配角或跑龍套；有時候，我竟是某個故事中的主角呢！多半的時候，我看旁人演戲，不免多有置喙，該這樣演、不該那樣演，彷彿我才是真有本事的人；但當旁人看我演戲時，我也可能荒腔走板，做出不智之舉，鬧了天大的笑話！

《格言聯璧》中，有一句話讓人深思：

世路風霜，吾人鍊心之境也；

世情冷煖，吾人忍性之地也；

世事顛倒，吾人脩行之資也。

人生道路曲折多磨難，風霜雨露不能免，正是我們鍛鍊心性的處所；世態炎涼、人情勢利，就是我們堅忍性情的地方；是非顛倒、善惡不分，便是我們修養德行的憑藉。

這話說得多麼好啊！

只是，作為一個旁觀的人，由於事不關己，當然容易理性、冷靜。然而，當自己也站在人生的戲台上，我們是否真有把握能演出精采呢？何況，人性的弱點，更讓我們時常受到限制，也在在考驗著我們的智慧。

但，我們終究明白，擁有一個比較平順的人生，其間必有上天的恩賜和旁人善意的扶持。不論我們遭逢過什麼，我們都深深的知道：愛，是人生最珍貴的仰仗。當我們努力實踐了愛，生命就有了它的意義和價值。

愛，使生命綻放微笑，而且永遠美麗。

生氣，就不美了

今天游泳池畔的耳語不斷，即使進了淋浴房，大家還在討論。沒有想到就要走出游泳池的大門了，一看，許多人正你一言我一語，沸沸揚揚。

怎麼一回事？原來是晨泳的朋友們，都被「批評指教」了。

本來嘛，批評指教也是好事，讓我們知錯能改。只是，為什麼人人有錯？指摘者卻是完美的聖人，真的是這樣嗎？

或許，看到別人的缺點總是容易，自己的卻被蒙蔽了。

活潑的李先生被說是「話太多了」，不愛說話的李太太竟被說成「那個陰沉的」，有的太太和丈夫分開游，卻又被說「奇怪了，為什麼他們不同一個水道游？」這這這，也未免管太多了吧？老說別人「沒水準，還是個教書的」，連我每天乖乖的靠邊游，也被說成老是擠到她……

其實，她長得漂漂亮亮的，女兒讀國中，也亭亭玉立，不知為什麼她老是生氣。才來不久，就和袁老師吵了起來，我們和袁相熟，因此被認為是同一掛的，當然也未必給我們什麼好臉色。我們也敬而遠之，不敢得罪她。井水不犯河水，我過我的獨木橋，她走她的陽關道。

本來，她們只純游泳，並不作SPA，最近她們也加入SPA了，只是占用時間過長，大家也敢怒不敢言。有一次，有個泳友看不過去了，前去好言相勸：「不要太久，時間到了，也讓別人。」她冷冷的說：「我的時間還沒到！」一副「你奈我何」的神情，還趕忙找來教練評理，結果教練也以為不宜占用過久，這下子，樑子可結大了，她不高興的嘟囔著：「晨泳的，都是地頭蛇！」既然跟大家都合不來，教練勸她：「可以考慮，晚一點來。」她卻說：「我偏要這個時段來。」唉呀，怎麼說話這麼衝呢？

有一句話，長在我心：

存養宜沖粹，近春溫；
省察宜謹嚴，近秋肅。

存心養性應當要淡泊專一，如同春日的溫暖和煦；檢討反省應該要慎重嚴格，就像秋天的陰寒蕭瑟。

其實，說的也無非是「嚴以律己，寬以待人」。

看著她緊繃著一張臉，我可不敢前去相勸，以免自討沒趣。可是，我真心想說，生氣，就不美了。

驚魂記

她常想，生命中有過那樣的一場驚懼，到底是含著怎樣的深意和教導呢？

她是牙醫師，丈夫則是外科醫師，是外界所以為的高所得者。

有一天，就在她開車即將進入醫院的停車場時，早就被歹徒鎖定，連人帶車一起擄走。

她被挾持到山區。

歹徒一夥有三人，要的是錢；於是她拚命打手機找丈夫，丈夫在開刀房裡，手術期間，不接電話。然而，手術一台接一台，根本出不來，也完全不知太太有生命的危險。

要不到錢。歹徒說，那就連人帶車推下山谷去。

她苦苦哀求歹徒，她願意給錢，但是必須回家拿存摺和印章。

歹徒答應了，也不怕她落跑，畢竟她孤身一人。依情勢看來，一切都在歹徒的掌控之中。

拿了存摺印章，到銀行臨櫃領錢，歹徒則在門外監控，她在提款單背面快速寫上「強盜」二字。行員機警，立刻報警逮人。總算平安落幕，此事因而上了社會版，哄動一時。

歹徒雖然落網，可是，她早已嚇壞了。她決定帶著兒女遠走加拿大，好多年以後，直到兒女上了大學，她才回到台灣，重新執業。

《格言聯璧》裡，有很好的一段文字：

大事難事看擔當，逆境順境看襟度，
臨喜臨怒看涵養，群行群止看識見。

處理大事難事時，可以看出一個人的勇於承擔和魄力；處在逆境順境時，可以體察出一個人的懷抱和氣度；遭遇喜怒哀樂時，可以察覺出一個人的涵容和修養；群行群止，眾口一詞時，更可以洞悉一個人的見識和才幹。

這話說起來不難，真正身處其境時，方知步步艱難，然而，也唯有在這個時候，我們才能看出一個人最真實的面貌。

學習很重要，從來就是和我們的生命相共始終。

人生中的那樣一場驚魂，幾乎讓她失去了所有對人的信賴。幸好，在神的愛中，在教友的協助裡，她慢慢一點一滴的回復，逐漸讓生活走上了正常的軌道。

只是，有非常長的一段時間，她不太敢在台灣開車，停車場更是讓她覺得惶然不安。

真是一場可怕的夢魘，幸好早就成為過去了。

但願，永遠也不要再記起。

在歡愉的環境裡

在歡愉的環境裡，我們更可以快樂的學習、工作、與人交往。

最近，一連有兩個好朋友跟我說：「我的脾氣不好，花了好多的力氣去改，現在，好一點了。」

我很驚奇，她們大致上來說，也算平和的。

我的脾氣好，從不亂發脾氣，待人也盡量寬容，不曾無理取鬧。看來是理性的，其實感情豐富，處處與人為善。

我承認，這是來自雙親的遺傳和教導。

我不必花任何力氣去修正，就可以歡喜做自己，還能擁有很好的人緣。我以為，這一切都是順理成章，後來，我才知道，我有多麼的幸運。

《格言聯璧》裡說得好：

意粗性躁，一事無成；

心平氣和，千祥駢集。

心意粗疏，性情火爆，將會一事無成；心情安寧，氣度雍容，所有的祥瑞定然聚集而來。

一個性急氣盛的人，常不免心粗神昏，別人避之唯恐不及，哪裡能結好緣？壞脾氣的人，縱有本領，可歎孤木難撐大局，終究會招來失敗。一個心平氣和的人，性情美，受人歡迎，更能左右逢源。

我曾經在一次研習會中，遇到了一個學員。他說，他的母親自私、強勢、貪婪、暴怒、個性古怪，難以相處。家裡也總是劍拔弩張，不得安寧。「我在長大很久以後，才學會把她當作負面教材，才能包容母親，也更平心靜氣看待自己的人生。」

可是在這麼漫長的歲月裡，他有多少的傷心、委屈和不平。坑坑疤疤的成長路，為求心靈的平靜，有多麼的不容易。幸好都走過來了，那是他的「逆增上緣」，仍然應心懷感謝的，或許也需要更久以後，他才會真正明白吧。

而順遂，是上天給予的厚禮，更該加倍的珍惜和善用，才不被辜負了。畢竟不是人人都有這樣的好運氣。

能在歡愉的環境裡成長學習，那種被愛護關懷所圍繞的感覺，更容易塑造我們樂觀的性格。走在人生的路上，有多少艱難險阻迎面而來，樂觀是必須。

當我從幼苗長成了大樹，我努力活出父母的愛和上天的祝福。

我閱讀，因為喜歡。我寫作，只是回饋。我知道，所有我比較優異的表現，都只是我對別人善意扶持的感恩回報。

人生的這一遭，或許仍不能免於困頓、挫折的來到；可是，只要我們勇於堅持，不放棄希望，終究能盼得夜盡天明的時刻。烏雲會散去，陽光終將普照大地。

火爆之家

從沒看過脾氣壞成這樣的一家人。

對我而言，簡直是歎為觀止。或許是因為我的家人都溫和，不曾言語衝撞。有話好好說，溝通就是了，根本就沒有必要大發雷霆。

只是，一樣米養百樣人。即使是個性，有人溫柔，有人易怒，有人靦覥，有人活潑，有人孤僻，也有人不可理喻。

爸爸，我不知。因為他早已往生多年，湖南人。媽媽則是台灣人，聽說頗會理財，買了不少房子。

大女兒結婚兩次，都以離婚終結，不曾生育子女，在公家機關上班。

怎麼弄成離婚的呢，還兩次？據說，脾氣說話都太直，完全不拐彎抹角。

比如，下班回家，丈夫說，該煮個晚餐吧？

她立刻抹下臉來，不高興的說：「兩個人都上班，憑什麼要我煮？免談。」

當然，也不掃地、洗衣、做其他的家事。

有一次，回去看娘家媽媽，母女兩人又大吵起來。媽媽趕她走。

「這是我爸的房子，為什麼我不能來？」

媽媽大怒：「是我買的。」

有兩個弟弟。姊弟三人也常一言不合，就大打出手，天啊，怎麼會這樣呢？都好幾十歲的大人了。遇到爭執時，難道不能坐下來，好好溝通嗎？

《格言聯璧》裡，有一則說得好：

懲忿如摧山，窒欲如填壑；

懲忿如救火，窒欲如防水。

克制心中的忿怒，就如同摧毀大山一般的艱難，杜絕內在的欲望，就像填平溝壑，需要百折不撓；戒止憤怒，要像滅火救災一樣的急迫，抑止貪欲要像防治水患一般刻不容緩。想來控制脾氣，還真是不容易，情緒一旦失控，損己傷人，何其可怕！

有一回，媽和小弟到她服務的辦公室來，做什麼呢？就在櫃檯上，母子聯手打她一頓。

為何會這樣？完全不在乎外人議論，也無視自己的形象。

莫非打架是他們的溝通方式？愈打感情就愈好？

你會問，難道是屬於比較基層的階級，沒受過什麼教育？

不是這樣的。手足都在公家機關做事，沒有文憑不可能，沒有考試也進不去，相當的學識總是要有的。

好奇怪的一家人。人人脾氣火爆，居然無一例外。

我說，最好離他們遠一點，脾氣壞成這樣，如何相處呢？天啊，千萬可別跟他們成為親戚，無論嫁娶，恐怕都很難會是圓滿的喜劇。

我是灰姑娘

她買下了我隔壁的房子，成為我的鄰居，卻很少出現。偶爾來度個週末假日，其他的時間都讓房子空著。

有一次，她無意間發現，我居然是她很喜歡的作家，驚喜交集，還拿給我看，她買過我的第一本書，水芙蓉版的《生命之愛》。那已經是三十多年前的書了。我們不常見面，因為彼此都忙，我要教書，她在醫院工作。可是每次相遇，都開心極了，相談甚歡。

一日，我在鄰居的房門口，見到一氣質高雅的年長女士，談了幾句話，她說，她來自維也納。我很好奇：「學音樂的嗎？」

她卻說：「我丈夫是畫家，學音樂的是女兒。」

畫畫一直是我的夢想，可惜他生未卜此生休。為此，我更想知道，她的丈夫到底是哪一位畫家？應該也頗有知名度的吧。

鄰居來了，我趕忙問她，畫家的大名。

她回說：「王舒。」

果然是長居國外的赫赫名家！以水彩描繪大自然，享有盛名。還寫詩，我經常在《海鷗詩刊》上拜讀他的詩，典雅自然，連詩中也有畫意。

我跟鄰居說：「妳跟畫家說，有機會我好想認識他。」

鄰居回報：「畫家說沒有問題，改天會過來拜訪。」

我受寵若驚，只不知大畫家何日會光臨舍下？只好每天都打扮得美美的，靜靜等待。

一天過去，兩天過去，一週都過去了。……說不定大畫家早就忘記了他曾經承諾的邀約。

我看著地板上的灰塵逐漸堆積，愈看愈不順眼，站起來，換我舊衣裳，賣力的打掃起來。

就在一片塵土飛揚裡，有人按門鈴了。

門一打開，赫然見到畫家伉儷雙雙站在門外，笑容可掬。

我雖然鞠躬歡迎，卻帶著僵硬的微笑。天啊，我這個灰姑娘，真恨不得挖個地洞鑽進去。

那天，我的演出完全走樣，到底說了些什麼，我也根本記不起來。一心看著自己的粗衣布服，我是辛德瑞拉，可是前來解救的王子，為什麼杳無蹤跡可尋呢？

畫家夫婦回去了，我懊悔不止。

媽媽知道了，說：「沒有關係，畫家更能看出一個人的內涵，而不會過於在意外表的打扮。」

還不過就是安慰的話嗎？

事後，倒聽說畫家對我頗有好評，或許那來自他的雅量。

說不定大畫家讀過《格言聯璧》，且努力奉行這句話：

自家有好處，要掩藏幾分，這是涵育以養深；
別人不好處，要掩藏幾分，這是渾厚以養大。

自己有優點，要加以隱藏幾分，這是涵養化育且修養深厚；別人有缺點，更要替他掩飾幾分，這是純樸敦厚以培養博大。

我謹記在心。

可是，我總是忘不了，遇見大畫家時，我是灰姑娘。

卷三

時刻。歡喜相會

歲月靜好，彷彿所有的紛擾已經遠揚，
喧囂止息，只留下一片安寧。
如果說，流光容易，把人拋。
且記取，今朝的欣喜相遇。

小小禮物

一九五六年十月，中國大陸的藝術家組團出訪拉丁美洲。歌唱家劉淑芳也在應邀之列。

他們特別提早一天抵達，因為，想在演出時，也唱一首阿根廷當地的歌。至於哪一首呢？他們想實地去找，現學現唱。

到達阿根廷後，他們先住進了旅館，整理停當後，就出來散步。劉淑芳聽到有些音符飄過耳際，相當動人。畢竟是歌唱家，對聲音極端敏銳，立刻依著聲音尋去，原來，是一個街頭藝人在賣唱呢。

一曲唱罷，彼此攀談起來。原來歌唱家聽到的歌，歌名是〈小小禮物〉，詞曲都是那個街頭藝人奧拉西約．古阿拉尼所創作的。有一年，正逢他的母親生日，他卻沒有錢買禮物，便在路邊摘了一束野花，還自己譜寫了一首歌，獻唱給母親聽，祝母親生日快樂。就是〈小小禮物〉這首歌的由來。他自己也很喜歡，所以經常唱。

劉淑芳很感動，便請他到旅館來，跟他學會了這首歌。臨別時，還特地送了他兩張第二天演唱會的入場券，歡迎他們母子一起蒞臨欣賞。

第二天，奧拉西約和他的母親果然來到了演唱會場。劉淑芳在最後一個節目演唱了〈小小禮物〉這首歌，還把故事說出來跟大家分享，並邀請他們母子一起上台。大家都給了如雷的掌聲，也為母子情深而動容。那母親取下了自己胸前的白銅製項鍊送給劉淑芳，那是一個傳家的紀念品，希望歌唱家能記得那溫馨美麗的夜晚，還有阿根廷……

有一句話，是這麼說的：

只人情世故熟了，什麼大事做不到？
只天理人心合了，什麼好事做不成？

只要熟悉了解為人處世的道理，還有什麼樣的大事做不到？只要意願情感與天道倫常相互契合，還有什麼樣的好事做不成？

當我們能細細體察待人接物的原則，處事圓融，且符合人心，那麼，大事好事又有什麼難以達成的呢？

多麼感人的故事，音符裡也藏著深深的愛和溫暖。

講理

每當彼此有了誤會的時候，倘若都能平心靜氣的講理，必能免去一場紛爭，很快的讓芥蒂盡去，雙方握手言歡，也是一件值得高興的事。

我很怕碰到那蠻橫無理的人，真如「秀才遇見兵，有理講不清」。不只心中委屈，更覺得日月無光，到底傷了和氣。

多年以前的那天，下班時，我沿著木麻黃的林道騎著單車回家。住在鄉下真好，多的是悠閒的時光。單車緩緩的行經稻田，路過三兩村舍，前面有一輛停放的轎車，擋住了我的去路，我只好由它的左側繞過。就在此時，後頭突然有機車衝了過來，啊？我的單車因強大的推力而向前躍進了好一段路。我驚魂甫定，往後一瞧，卻見機車上的女騎士早已車翻人倒。天啊，這是怎麼一回事？我停下來探看究竟，不料，女騎士先聲奪人，謾罵了起來：「妳是怎麼搞的？騎車彎來彎去的？」

什麼？明明她在我的後頭，既要超前，也得給我一點指示的訊息。一聲不響的衝了過來，居然還大刺刺的編派我的不是，卻絕口不提自己的理虧。

她的嗓門有夠大，翻來覆去的，就是那麼兩句話。我氣得滿臉通紅，卻一個字也說不出來。難道我也不甘示弱的和她對罵嗎？那豈不表示我跟她一般見識？而且我從來不曾伶牙俐齒的損人，只怕會屈居下風。可是我這麼沉默，對方又如此囂張，哇拉哇拉的直喊，彷彿得理不饒人似的，不明就裡的人見了，會不會以為是我錯了呢？

這，該如何是好？

「妳等一下，我打電話找警察來處理。」我相信，是非曲直應當不難判斷。

「算了，算了，」一下子她的聲音小了許多，她把機車推了起來，看來人車無恙，不過是虛驚一場。「以後騎車，要注意一點。」她還不忘來個「臨別贈言」。

在現實的生活裡，如果說起了爭執，嗓門大的就算獲勝，敢於呼天搶地的就會贏，這是多麼不公平，我們又如何講理呢？

有一句話是這麼說的：

不自反者，看不出一身病痛；

不耐煩者，做不成一件事業。

不願自我反省的人，看不出一己身上的缺失；缺乏耐性、老怕麻煩的人，什麼事情都做不成功。

一個經常反躬自問的人，才能察覺自己的錯誤，力謀改進，必能向著更好的路上行去；能堅持，有毅力，何必憂慮事不能成？

所以，善於自省是重要的，有耐心、不急躁，也有其必要。

幸虧世上行事合理的人多，不講理的人到底只是少數，我們社會的安寧與和諧方才得以維持。

遇見微笑

微笑，是一朵花，綻放著希望、善意和喜悅。微笑的臉有著令人難忘的光采，多麼的美麗。

我們公司福利社的販賣部新近來了兩個女職員，都是由別的單位調過來的。兩個人的年齡差不多，可是給人的感覺卻大異其趣。一個整天板著臉，陰霾一片；另一個卻笑嘻嘻的，十分歡喜。

每次到福利社買東西，我都喜歡找那個笑瞇了眼的職員，她一副好脾氣的樣子，讓人看了就開心，有時候我們也閒聊幾句。如果她剛好不在，我面對的是另一張冰冷的臉，覺得若自己多逗留一刻，必定更令她拂然不悅，怏怏離去，有時竟好似逃開一般。我不曉得，別人是不是也這樣？

有一天，正好是月初發薪，我路過福利社，便彎進去買一些零嘴來犒賞自己。有了錢，多麼好啊，卻聽到那個不快樂的職員正在抱怨：「真倒楣，我們每天都從早站到晚，又忙又累，又賺不了幾個錢！」

福利社那原本還算歡愉的氣氛，一下子似乎僵冷了許多，連陽光也彷彿暗了下來。

下班的時候，我卻在辦公室的門口，巧遇了那個和氣的職員。我問她：「妳剛換到福利社來，比較辛苦吧？」

她笑了笑說：「還好啦，可以按時上下班，不必加班，我也覺得滿好的，還可以兼顧到家庭。」

在我眼前是一張喜悅的臉，而我心中卻浮現了另一張不滿、黯淡的臉。唉，相同的工作，為什麼竟會有這樣分歧的看法。而快樂和愁苦，你又會選擇哪一種呢？

我願意相信這句話：

天下無不可化之人，但恐誠心未至；

天下無不可為之事，只怕立志不堅。

世上沒有不能感化的人，只怕是內心的誠意還不足；世上也沒有做不成的事，只怕是所立的志向不夠堅定。

事在人為，也在心之所向。

生活，也許都是單調平淡的，日復一日，變化不多。如果你往壞處想，它更顯得沉悶乏味，甚至一無是處。但是，倘若你肯望向光明的一面，它也可以充滿了趣味和溫馨。原來，這全在我們的一念之間。

世事不會盡如人意，但是，不管我們面對的是怎樣的日子，我們都要盡本分，快樂的去做。我也希望自己呈現在別人面前的，會是一張微笑的臉。因為，喜悅可以引發更多的快樂，而愁苦卻不能。

也是一種負責

我常覺得，遇事不拖延，也是一種負責的表現。

不拖延的好習慣，讓我得到朋友們的敬重。

其實，拖延，是壞習慣，誰都知道，可是常有人一犯再犯。

「忙啊，忙啊！」我們總是抱怨時光的匆忙，不肯為我們稍作停留。於是有許多事情就這樣因循怠惰，今天的事拖到明天，明天的事又拖到後天，沒完沒了。「唉，等我找到一個合適的時間，再做吧。」然而，那樣的好時機卻遲遲不出現，而原本只是瑣碎的事，竟像滾雪球一般，愈滾愈大，等到後來，非做不可時，我們早已不勝負荷了。只得草率從事，胡亂應付過去，不只沒有品質可言，也把自己給累壞了，筋疲力竭，毫無趣味可言。

如果我們天天清掃，覺得那是簡單的事，輕鬆而易為，地板也因此常保乾淨。窗明几淨，連心情也跟著好起來。倘若累積半年不清理，有一天想要徹底清掃時，竟也感到十分棘手。有如還債，誰還有心思去仔細擦擦抹抹呢？第二天，還腰痠背痛，大喊吃不消。

每天，我們把換下的衣服洗乾淨，花費不了什麼時間。可是，如果要一口氣清洗積存了一週或一個月的髒衣服，那真夠瞧的，至於是不是洗乾淨了？那只有天曉得。

在現實的生活裡，能切實做到「今日事，今日畢」，或許才是真正聰明的吧？

《格言聯璧》中，有一句話很有意思：

事到手，且莫急，便要緩緩想；

想得時，切莫緩，便要急急行。

事情來到時，先不要著急，要認真仔細的思考；想明白了以後，千萬不要怠緩遲疑，而是要堅決果斷的快快去做。

只是想，而不去做，是毫無成效可言的。

也許是記取了生活中有太多類似的教訓，害怕「我生待明日，萬事成蹉跎」，從此，我要求自己，凡事盡可能立刻處理，不再拖延。於是，不管日子如何忙碌，我竟能利用空餘下來的時間，閱讀、看電影、學書法……生活過得既充實又快樂，朋友們對我行事的認真負責以及工作的高效率，感到非常的驚訝。其實，並無祕訣，我清楚的知道，這一切完全建立在「立刻去做，絕不拖延」的態度上。

我的同事竟然對我說：「有一天，如果妳離開了，我一定最想念妳。」

我很迷惑：「這話怎麼說？」

「因為妳教會了我，凡事不要拖延。」

啊，原來我簡潔明快的處事原則，也間接影響了我周遭的夥伴。

夢已啟航

我一直很喜歡教書的工作，覺得它有趣，而且深具意義。

老師在課堂上所努力傳達的想法，有時就像一顆顆的種子，播向了學生的心田。它會開花結果嗎？它會分枝開葉嗎？其實，在當時，沒有人知道。

我的好朋友在國中教音樂，退休以後，有一天她受託回原來服務的學校，擔任學生音樂比賽的評審。她是一個認真嚴謹的人，早早就到了比賽的會場，作一些文件整理的工作。後來，訓育組長陪同一個年輕的女子進來，應該也是學校裡的音樂老師吧，她並不認識。倒是對方一看到她，立刻驚呼了起來，歡喜的大叫「老師」！

原來是十年前，她音樂課上的學生。教了幾十年的書，桃李太多，她實在無法一一記得。那個學生叫葉巧倩。

葉巧倩興奮的說：「老師，您知道嗎？十年前您曾經在課堂上，以聲樂的方式，唱了〈教我如何不想她〉，我們全班都聽呆了。就在那一天，我下定決心將來要學聲樂！」

教我如何不想她？那並不屬於音樂課本上的教材，怎麼會當眾高歌呢？我的朋友簡直想不通，可是巧倩言之鑿鑿，看來絕非空穴來風。

好朋友想了很久，她依稀記得有一段時間自己很迷趙元任，讀了許多相關的傳記。或許就是那段時間吧？因著趙元任，而去唱劉半農作詞的名曲，這倒也有可能了。

巧倩說：「上了高中以後，我其實非常的忙。課餘的時間，都要另外找老師學聲樂和樂理。但是，由於目標是自己選定的，也就心甘情願。大學時，終於進了音樂系，主修聲樂。現在又回到母校教音樂……」

巧倩又說；「老師，您真會影響人哪！」

這是一件有趣的「傳承」，我的朋友開心的說：「多少年來，我也不過是盡心的教書，哪知道會有這麼好的結果呢？」然而，欣慰之情溢於言表。

你相信機緣嗎？《格言聯璧》中有這樣的一段話：

事有機緣，不先不後，剛剛湊巧；
命若蹭蹬，走來走去，步步踏空。

事情的成功是由許多的機會和緣分合成，不先不後，精準的把握機緣的出現，終有所成。如果時運不濟，縱有努力，每一步都會出錯，就很難成功了。

努力是必須，際遇則有幾分天意。

是的，曾經那樣的高歌一曲，竟讓一個年少的孩子，在感動之餘，確定了追尋音樂的夢，夢已啟航，而今，夢也成真。

從這個真實的故事裡，我更確認了教育的意義，一個好老師的確可以帶領學生追求理想，走上更好的人生大道。

只是幸運

我的朋友表現優異，卻常跟我們說：「那只是幸運。」

只是幸運？真的嗎？

其實，他夠努力，毅力尤其驚人。遇事鍥而不捨，終於創下佳績。

我年少的時候很怕受挫折，總覺得自己怎麼那麼笨，事事不如人。常心灰意冷，一遭遇困難，能躲就躲，能賴就賴。沒有勇氣面對，更無法建立信心。

沒有自信的人生，只見懦弱。

長大以後，我才明白，在這個世界上，沒有誰是事事順遂的，每個人都會遭遇或多或少的困難，敢於面對，才是正確的態度。有趣的是：當你願意處理，一切並沒有想像中的難。一次、兩次……久了，也就得心應手，不可能被難倒，增多了經驗，居然可以遊刃有餘。

我有個能幹的朋友曾跟我說：「要大事化小，小事化無。」意思是：不要自己嚇自己。大事就把它當作小事處理，小事也就若無其事了。很有「說大人，則藐之」的況味。

原來，所謂的能力，也就在一次又一次的淬礪中栽培而成。一個人能卓爾出群，和他的個性有關，也和肯努力、願意吃苦與勇於堅持是密不可分的。

有一句話說得很好，深獲我心：

居處必先精勤，乃能閒暇；

凡事務求停妥，然後逍遙。

日常生活中，一定先要專注勤勉，然後才能多得閒暇；遇到事情，務必要努力做到妥貼允當，然後才能逍遙自在。

臨事的手忙腳亂，也來自能力的不足。而能力，是可以訓練的。以後，每當有人表現出色，卻又說：「那只是幸運」時，我清楚的知道，那是他謙虛了。他一定是個勇於任事的人，也堪為我的楷模。

精采的人生

精采的人生，來自寬闊的胸襟。

不宜故步自封，膽怯害怕，什麼都不敢嘗試，也實在少了很多生活的趣味。實際體驗的滋味，必然不同於坐壁上觀。

有一句話，我很喜歡：「你如果不是得到，就是學到。」多麼好。為什麼不試試看呢？

我常覺得，一個人過於固執，就是一種局限；排斥接受新事物，就是自我設限。只讓生活更單調，自己更寂寞，又有什麼好處？

我有個朋友是「好奇寶寶」，什麼都想嘗試，唱歌、玩樂器、溜冰、潛水、游泳、騎馬、高空彈跳、爬山、做菜、畫畫……廣泛的興趣，也讓他的心胸更加寬闊。他和陌生人說話，從來不愁沒有題材，大家也都喜歡他。多才多藝，真是一個充滿了趣味的人，有他在的場合，舉座皆歡。

一個只愛自己的人，是不可能快樂的。老是自怨自艾，覺得別人不了解自己，真是自尋苦惱了。山若不來就你，你難道不能走向山嗎？抱怨別人不關心你，你就不能先付出自己的關懷嗎？

我的確經常在對別人的關心裡，忘卻了一己的愁苦。

有一句話，說得有意思：

天下最有受用，是一個閒字，然閒字要從勤中得來；

天下最討便宜，是一個勤字，然勤字要從閒中做出。

世間最使人受益的是一個「閒」字，但閒暇要從勤奮中得到；世上最有好處的是一個「勤」字，然而勤奮是要從閒暇中做出。

仔細想來，真是金玉良言啊！

這個世界瞬息變化，我們注意國際局勢，也重視民生問題，綠色環保的議題不容輕忽，油價金價的漲跌也和我們的日子息息相關，有誰真能置身度外？整個宇宙只是一個村落，牽一髮就足以動全身了。

我們能住荒島，成為另一個魯賓遜嗎？

讓我們努力接受各方面的知識，而不是排斥。有寬闊的胸襟，我們才擁有精采的人生。

如果活得很久

我只願：天行健，君子以自強不息。至於生死，且隨緣順性師法自然。像一朵花飄落於塵土，像一枚葉躺在大地的胸膛，我已無憾。

長壽是許多人的期待，如果能活得很久，你喜歡嗎？

她跟我說：「我實在活膩了。」今年，她高壽九十。

幸運的是，她稱得上健康，生活可以自理，走路、吃飯、穿衣……都可以不假他人之手；更幸運的是，她的兒孫各個成才而且孝順。在物質上，她的衣食無缺；在精神上，她的牽掛不多。即使是這樣，她依然認為自己活得太久了。

活得很久，相熟的親友逐一凋零，真有說不出的寂寞；何況，面對的是自己日漸衰敗的身軀，體力日減，器官機能逐而失靈……這都是不爭的事實。

可是，上天又不讓她走，這畢竟無奈。

「上天的安排都是好的，」我真誠的說：「能活到這樣的歲數，身體健康，而且又有這麼好的兒孫，到底不是人人都有的福分。那麼，就該安享晚年，有多少人想求都求不到呢！」

我記得，《格言聯璧》中，曾這樣寫著：

過去事，丟得一節是一節；

現在事，了得一節是一節；

未來事，省得一節是一節。

過往的事不必在意，丟棄一件少一件；現在的事認真去做，完成一件是一件；未來的事無須多慮，省卻一件就減輕一件的煩憂。

也無非是鼓勵我們，活在當下就好。

然而，如果真的活得很久，你樂意嗎？

坦白的說，我只想活過六十歲，於願足矣。到那時，人生的責任已了，交出的成績不差，還看得到夕陽的繽紛美麗，夜色尚未完全籠罩，肢體還算靈活，健康尚可，追逐小小的夢想，或許還不至於力不從心。

我以為，既然已經盡其在我，認真的活過，與人為善，結了不少的好緣，即使人生重來，也不過爾爾。我自認可以走得心安理得。

在這個時候永遠告別，是一個還不錯的點，而且能走在讓人懷念的時刻，也是一件美事。

至於身後事要如何打理？唉，走都走了，也就不關我的事了。

可是，說真的，如果閻羅王不要我，我還是沒有辦法的。

我但求擁有精采、有意義的一生，而非長長久久。

一場歡喜相會

我希望，每次的相遇都是一場歡喜相會。

我喜歡閱讀，把書當成朋友交往，大有獲益；也常把朋友當成書來看待，果然是各有千秋，美不勝收。

可是，值得傾心相交的朋友都在哪兒呢？

明．鍾惺在書中寫著：「朋友相見極是難事。鄙意又以為不患不相見，患相見之無益耳；有益矣，豈猶恨其晚哉？」

這段話是我很喜歡的。

人與人的相遇，各有因緣。有人早有人晚，其實都無妨。相見有益，必然引為好友，在進德修業上，相互切磋琢磨，莫逆於心，是人生快意事。

我有些朋友認識很晚，不在年少時，不是鄰居、同學、同事。有的是在教書時所參與的研習會上，或外出旅遊途中，或某樣興趣的同好；有的甚至是朋友的朋友、同學的同學。相遇時，我們都不年輕了，又有什麼關係呢？我們更能以珍惜的心來看待這份友誼。

我也明白：結交朋友，要看對方的優點，而包容他的缺點。只是我覺得，那缺點不能是人品上的瑕疵。如果缺點太嚴重，包容又哪裡容易呢？大致上，我的好朋友多半是性情相近的，談得來，也處得來，那麼，歡喜也就更多了一些。

有些朋友的優點多，更是我學習的榜樣，例如，善良、慷慨、正直、勇敢、清廉、熱心、慈悲……，朋友也可以像鏡子，讓我們照見了一己的不足，而思有以改進。

我的朋友多，人緣好，應該也來自我的真誠相待。

《格言聯璧》裡，有這樣的話語，頗為發人深省：

以真實肝膽待人，事雖未必成功，日後人必見我之肝膽；

以詐偽心腸處事，人即一時受惑，日後人必見我之心腸。

以真心誠意對待別人，事情雖然不一定成功，但日後別人必定能體會到我的用心；以虛偽狡詐的手段應付事情，別人即使一時受騙上當，過後也一定會看穿我的心機。所以，唯有真誠待人，友誼才能恆久。

我有個朋友老是跟我說：「我們認識得太晚了。」我笑了笑跟她說：「不會啊，只要認識了，就不晚。」果然一眨眼，我們的友誼已經長達三十年了。

三十年，真的是不短的歲月！尤其，沒有錯失的遺憾，更讓人加倍的感到歡喜。我喜歡我的朋友，他們也都以善意待我，更讓我領會了友誼的芬芳，久久不息。上天何其厚愛我，每次的相會都是歡喜。

快樂井

會不會有一口井，喝了那清涼的井水，就會讓人覺得快樂起來呢？

現代的人生活緊張，工作、親子、人際各方面的壓力都太大了，所以我們觸目所見，大半都是疲憊的、黯淡的臉龐，卻少見歡愉、開朗、微笑的面孔。

快樂，彷彿逐漸離開了我們。

一旦失去，我們反而極力想要找回。

真有一口快樂井，只要喝了井水，就能快樂嗎？

如果我們一直這麼往外尋求，恐怕是要失望的。快樂，是一種心情，內心快樂了，外在也會是歡喜的。

那麼，就讓我們的心成為一口快樂的井吧。

可是，怎麼樣才能做到呢？

願意付出。一個自私的人必然與快樂絕緣。凡事只想到自己，老是有所怨尤，認為是別人虧待了自己，這樣的人很難有朋友，日子就過得孤單寂寞了。一個精於算計的人，不讓自己吃任何的虧，便注定要與孤獨相伴。除非改弦易張，要有願意為別人服務的心，在付出裡，才能體認到為善的快樂。

付出有各種方式，在別人的需要裡提供協助，就值得令人稱揚。金錢的濟助只是其中之一，當對方沮喪灰心時，說鼓舞的話，也是很好的付出。即使只是舉手之勞，也不要因為微小而不為。我們都是平凡的人，也許做不了大事，但是我們可以做許多有意義的小事，幫助別人就是。

願意學習。承認一己的不足，而樂意去學習新的東西，無論語文或技能，因此拓展了生活的領域，認識新朋友，更加讓自己的心靈豐富起來。人生是漫漫長途，更是學習之旅，在這個世界上有太多的事是我們不會的，所以更要謙卑的學習。在學習中，我們知道自己的欠缺，就海綿一樣，可以努力吸取新知，開闊胸襟，那種充實的感覺，讓自己確認不曾虛度歲月，其實是很開心的。

我們不懂的事太多了，連孔子都要說：「吾不如老農，吾不如老圃。」何況是我們呢？又何況今日科技的發達，新知識、新技能更增添了太多？

有一句話說得好：

只一事不留心，便有一事不得其理；
只一物不留心，便有一物不得其所。

只要有一事未曾留心，就有一事不能明白其中的道理；只要有一物未曾留意，就有一物不能知曉其來龍去脈，處置也不恰當。

所以凡事不可輕忽，都應謹慎。處處留心，都有學問。活到老，學到老。這是我終身服膺的人生哲學。

更要感恩。縱使我們是努力的，然而一件事情的成功，其中仍有別人的善意和上天的成全，我們都該以感恩的心來看待。有的人振振有詞的說：「我的事業發達，那是因為我比別人認真。」在這個世界上，難道別人不努力嗎？為什麼他們不能功成名就？其中仍有際遇的問題，而際遇是我們所無法掌控的。

所以當我們處在順遂之中，當我們的美夢得以成真，我們都應該感恩。即使，我們身陷在困境裡，外在看來，一片愁雲慘霧，我們依然要心懷感恩，因為那是上天給予我們的祝福，讓我們更能堅忍以圖成，吃得苦中苦，方為人上人。仔細想來，在順境裡，我們哪裡能夠因為磨練而學到這麼多！

勇於付出、樂意學習、知道感恩，如此，我們的心會是一口快樂井，快樂就永恆存在了。

你快樂嗎？真心期待你也因付出、學習和感恩，而有了一口快樂的心靈之井，並因此擁有快樂的人生。

卷四

堅持。寬闊人間

穿過風雨旅程，
想起昨日的青春如花綻放，然而，歲月終將老去。
穿過坎坷試鍊，
就在天地的盡頭，深邃而廣袤的背後，有我的深情摯愛。

當仁不讓

這是朋友瑪莉告訴我們的一個真實故事。

有一個住在南部的醫生，近來睡覺時，總覺得如果向右側睡，老會聽到一些聲響，向左側睡，就不會。雖然有點兒奇怪，但是對日常生活並沒有影響。由於工作也忙，就沒有放在心上。

平常老媽媽看醫生，都是由妻子陪同。可是最近妻子赴美探望孩子去了，就改由他陪媽媽上醫院。媽媽說，你既然也來，不是說你睡覺感覺奇怪嗎？那就順便看醫生吧。

雖然他自己也是醫生，可是由於西醫的分科很細，仍然需要就教於專業科別。

既然媽媽這麼說，他也就跟著掛號檢查。照片子的跟他說，下個禮拜門診，再來聽取報告。他看了一下那片子，直覺有問題。他不想等那麼久，就和瑪莉的弟弟聯絡，她弟弟也是醫生，他們不只從小相熟，還是教友。他北上榮總，看了神經外科主任的門診。主任說，腦部有病變，必須開刀，但是他已經不動刀了。不過，可以替他另外介紹一個醫生。他走出門診時，正好在走廊上遇到了當年讀醫學院時的同學，彼此寒暄了幾句，並沒有提到自己的病情，等到轉身後，才想到或許可以請他幫個忙，才又喚住了對方。對方立刻答應，因為，他就在這家醫院服務，要幫忙並不難。推薦的，也是同一個醫生。

好了，醫生敲定，手術日期也很快的排了出來，然而卻碰到耶誕假期，在美國的妻子沒有機位可以回台照顧他。由於彼此都是虔誠的教友，瑪莉說她願意協助照料；結果運氣真好，醫生太太居然獲得補位，就在他手術的前一天趕回台灣，手術成功。

我們談，為什麼他可以這麼順利？一個環節緊接著一個環節，都沒有延誤。彷彿有著神的恩典。

瑪莉說：「這是一個非常好的醫生。每次當有重大的災情出現時，不論是

九二一、SARS、大車禍……他都一馬當先，趕在第一時間，站在最前線。出錢出力，毫無怨言。現在，他自己的健康出了問題，在醫療的過程裡也有如神助。」

我聽了很感動，他平日奮不顧身的精神，多麼值得我們學習。

有一句話說得好：

惠不在大，在乎當厄；

怨不在多，在乎傷心。

恩惠不在乎大小，重要的是要做到雪中送炭；怨恨不在於多少，要緊的是要看傷害心靈的程度。

關鍵時刻是重要的，要及時伸出援手，才能立竿見影。行善要及時，才能避開恨事的發生。

真的，助人要當仁不讓，行善要不落人後。如果人人都能如此，世間就是桃源了。

生命如花

很多人都以為我喜歡花，尤其在我把自己的部落格命名為「心靈花園」之後，許多好朋友把他們拍照的花的圖片慨然相贈，好一片花團錦簇，美不勝收。這時，如果我再說，我並不那麼喜歡花，只怕別人會認為，我若不是說謊便是矯情了。

其實，成立部落格全屬匆促，胡亂之間選了「心靈花園」，好朋友芬伶是很有意見的，唯美派的她想必覺得太過尋常，太不清麗脫俗了；直到我跟她說，那也曾經是我的書名時，她才緘默。果然後來我真的發現，搜尋時，早就淹沒在一片「心靈花園」裡，連自己都找不到了。

年少時，我從來不曾喜歡過花，覺得花太嬌貴也太脆弱了。我喜歡樹，樹堅強挺立，充滿了生命的活力和盎然的生趣。我寧可到大自然裡去看不同的樹，覺得他們都各有千秋，也分外的迷人。

我尤其不愛買花。那樣的美麗過於短暫，轉眼就要凋亡。我雖不至於傷春悲秋，然而，過眼繁華，不要也罷。

連我家的陽台也都只種綠色的植物，有幾盆很不錯的花也全都是朋友所送。但過不了太久，她們都會魂歸離恨天了，陽台上又回歸一片綠意。我也覺得很好，以免出國旅遊時，心裡老是牽掛不已，總覺得愧對佳人。花綻放時，沒有熱烈的捧場，卻讓她們寂寞的自開自落，也是一種殘忍吧。我常覺得，我家的花恐怕並不是由於沒有澆水，卻很有可能是傷心自盡的。因為主人太忙，連跟她們說話的時間都沒有，更別提什麼呵護備至了。

但，慢慢的，我對花的心情似乎也有了一些改變。覺得綻放既然是花的使命，當她能竭盡所能的綻放出最大的美麗時，她已然問心無愧，也已得到最多的滿足了，我們實在應該給予稱揚的。至於凋零委地，那是宿命，無可怨怪，若因此而傷感，不也過於濫情嗎？

我想起《格言聯璧》裡，有如此的說法：

不近人情，舉足盡是危機。

不體物情，一生俱成夢境。

我們待人處世如果不合乎人之常情，那麼舉手投足處處都是危機。倘若不能體會物理世情，那麼一生歲月都成了夢幻。

愈是體察，愈能洞悉這話的真切。

一朵花，必須綻放，美麗給天地看，她的一生才得以圓滿。一個人，也必須發揮所長，貢獻給國家社會，他的一生才有意義。這麼說來，生命也如花。即使不免於殞滅，曾經發揮過的光和熱，那樣的溫暖必然存留在某些人的心裡或記憶中。如果真能這樣，人生的這一遭也是有價值的。

是的，生命如花，是需要熱熱烈烈的綻放，綻放出美的極限。

閒話，止於智者

你聽過閒話吧？你相信閒話嗎？

閒話，也止於智者。

平日，我最不喜歡那多嘴多舌，唯恐天下不亂的人。

唉，在許多團體裡，又常免不了有這種人的存在。有人愛說閒話，也正由於有愛聽閒話的人。說的人壓低了嗓門，絮絮叨念，滿臉興奮，彷彿說的是獨家祕辛。聽的人則是豎起了耳朵，瞪大了眼睛，一副驚喜交集的模樣。使說的人有如得到鼓勵，更是眉飛色舞。然而，一件事，一句話，輾轉再三，加油添醋的結果，早已偏離事實太遠，更何況，有太多的閒話是來自捕風捉影。

總有人會以「熱心」的姿態出現，透露別人對你的議論，使你不會被蒙在鼓裡。

由於事既關己，聽的人常不易保持冷靜客觀，尤其對於一些無中生有的枝節，更是怒火中燒，情緒沸騰。若一時不察，興師問罪，甚而擦槍走火，這下子可熱鬧了。好戲正要開鑼，長舌的人早已準備要隔岸觀火，甚至他還樂於兩方奔走，相互傳話，一場紛爭可就沒完沒了。而他卻能自導自演，沾沾自喜。

這種人宛如害群之馬，真該揪出來，賞他幾個耳光才好。

《格言聯璧》中說得好：

是非窩裡，人用口，我用耳；

熱鬧場中，人向前，我落後。

在是非紛雜的處所，別人忙著說話，我只用耳傾聽；在喧嘩熱鬧的場合，別人爭相向前，我則向後退去。

這是值得學習的標的。

在一個紛雜喧鬧的場所，更有必要保持冷靜，才能有智慧的判斷。

如果真以為自己能言善道，是個人才，不甘就此埋沒；那麼，何妨折衝樽俎，為國為民，做出一番大事業來。魯仲連的義不帝秦，史冊留名；賈君房的語妙天下，流傳千古……這都是多麼好的榜樣！只怕那些在平常道盡「東家長，西家短」的人，真要讓他好好表現時，卻又畏首畏尾，進退失據了。

《尚書》上說：「惟口，出好，興戎。」意思是：嘴巴說話，能成就好事，也能引起亂事。這真的可以給愛說閒話的人作為殷鑑。而我們，至少可以做到，不聽信閒話不傳播閒話，少了是非，也讓耳根得以清靜。

閒話，止於智者。少聽閒話，大概也讓那些長舌的人多少覺得有些意興闌珊吧。

高處不勝寒

在我的眼裡，她一直是個自視很高的人。

讀高中的時候，在因緣際會下，我們曾經同寢室一年。她高我一屆，長得白淨而秀氣，話不多。

第二年她另尋住處因而遷出，後來她讀了台大。我考上大學的那一年，她曾來訪，待我算是友善。

畢業以後，她留在台北做事，我也輾轉的遷來台北教書。因為彼此都住台北，偶爾我也打電話跟她聯絡，談談近況。如果時間配合得來，我們也會個面。

她結婚多年了，卻老覺得丈夫不如她的意，不夠聰明、不知反省、書報堆積從不整理……

對她的原生家庭，她也頗有微辭，「為什麼每次我的建議他們都不聽呢？我早就料到事情的癥結，也已經指出來了，他們卻覺得我對娘家的事過問太多了……」

我小心翼翼的說：「或許，妳是站在自己的立場來看事情吧，而不是站在對方的立場，體貼的用他所能接受的方式跟他說。」

沉默了一會兒，她承認，或許就是這樣。

真心希望她曾經讀過《格言聯璧》裡的這句話：

彼之理是，我之理非，我讓之；
彼之理非，我之理是，我容之。

別人的道理對，我錯，我一定退讓；別人的道理錯，我對，我願意加以包容。對待別人尚且如此，更何況是家人呢？

唉，她老是認為自己高瞻遠矚，見解透徹，都是弟弟妹妹們太不長進了，所以他們平庸的過著辛苦的日子。

我卻覺得，何需飛黃騰達呢？在人生的長遠路程裡，只要歡喜自在就好。我們奉獻一己之力，愛國愛人，知足可以常樂。

顯然她是不快樂的，因為她孤單的站在高處，而高處不勝寒。

她自視過高，使她不能和別人平起平坐，享有相互擁抱扶持的溫暖。

向日葵

有一個人，我一直想要認識她，但因緣尚未具足。

當我轉到這個工作單位時，她已經離職他去了，我們算是擦肩而過。可是，我的同事們經常談起她，這樣那樣，讓我覺得她是一個熱情而有趣的人，就像一朵向日葵。她自奉儉樸，卻熱力四射，向著陽光走。每當發現別人需要幫忙時，也常義不容辭，出錢出力，即使是對一個陌生人，也照樣伸出援手。

有一次，她察覺到一個年輕的畫家生活困頓，就約了幾個朋友前去買畫，是抽象畫，在市場上並不討喜，標價也不便宜。那天，我的朋友珠兒也去了，她挑了一幅小畫，買下。珠兒說：「只有這樣，不著痕跡的幫忙，才不會傷了畫家的自尊。」

買氣不旺，對畫家的生計無補，她想，得鼓動他來開班授課。結果開了一班，小貓幾隻，珠兒也去捧場。到底是畫風奇特，一期以後，也就不了了之了。

畫家仍然堅持他的理想，可是家徒四壁，他的太太愈來愈瘦，多年來跟著他吃苦，理想畢竟無法當飯吃。幸好，他們沒有小孩。

怎麼辦呢？她想來寫一本書，就用畫家的畫作為插圖，賣了書，書款捐給畫家。書寫成了，也出版了，到底不是作家的手筆，幾乎全係白描，何況，如今書市這般的清冷，根本就賣不出去，只好拿來到處送人。我也因此輾轉得到了三本。

有一天，有一個朋友來玩，我轉送一本給她，她說：「我看了以後，信心大增，覺得自己也可以來寫。」我的朋友從此開始認認真真的寫，到處投稿，後來，居然也出了一本漂亮的書。

《格言聯壁》有這樣的一句話，她也的確切實踐履了。

律己宜帶秋氣，

處事須帶春風。

要求自己，必須像秋風般的嚴苛、不留情面，至於和別人相處，就要像春風一樣的和煦、讓人感到溫暖。

在我的眼裡，她豈只像春風？最讓人稱道的，是她的熱情。她對生命的熱情，也在無形中，點燃了別人的熱情，撞擊出火花，為這荒漠的世間注入了更多的溫暖。

我還是希望有一天能認識她，在我的心目中，她是一個可愛的女子。

一朵花的夢

我常想，一朵花如果有夢，她夢想著綻放，美麗了世界。那麼，一個人呢？如果他有夢，應該夢想著發揮生命的光和熱吧！

教書多年，我深深的覺得：教育無他，唯有愛和榜樣。

那天，有朋友來訪，談到他們學校最近出了一件事，幸好知道的人不多。

有一個目前正在大學法律系讀書的畢業校友，回到學校來，打算具狀控告他當年的導師。他的導師是學校裡的名師，不論教書帶班都非常認真，當然每年考上明星高中的學生也不知凡幾。那年他國三，班上有同學遭竊，他是嫌疑人之一。老師在研判之後，居然宣布是他偷的。其實，是冤枉；然而他百口莫辯。回家也不敢跟父母說，就這樣背著冤屈，一路發憤讀書，後來讀了法律系，翻盡各種法律條文，他知道，他有權利提出告訴，以還他清白。

問題是，當年的導師早就不記得這件事了。說不定，他一直認為自己的處理沒有錯，他萬萬沒有想到，一次無心之過，是這樣深深傷害了一個小男生。現在，長大的小男生要來「復仇」，事情又該如何了結呢？

導師願意提出高額的賠償，但學生拒絕了，他說：「這不是錢的問題，而是要求還一個公道！」看來是執意要告。

後來，我的朋友受託出面和學生溝通，溝通了許久，終於和解落幕，勉強算是結束了。希望那個男生真的解開了心中的結，願意原諒他的導師。從此，人生的旅途不再有陰影，而能大步的迎向陽光，有屬於自己的璀璨前程。

他的導師則在驚訝錯愕之餘，辦了退休手續，從此告別杏壇。相信他承認了當年自己處置的失當，或許也不免有些灰心吧。

的確，當時導師的做法有讓人非議之處。學生是弱勢，無法為自己辯白，可真難為了小小年紀的他；幸虧他力爭上游，沒有自暴自棄，也或許是化悲憤為力量，他才能考上法律系，也為自己沉冤得雪。由衷的希望將來當律師的他，更能照顧到弱勢的族群，讓公平正義得以伸張。

人世間的冤屈又何止這些呢？

書上有一句話，是這麼說的：

觀世間極惡事，則一眚一慝，盡可優容；

念古來極冤人，則一毀一辱，何須計較。

看過人世間罪大惡極的事，那麼對一般的過失和醜陋，盡量加以寬容；想到古往今來蒙受奇冤大苦的人，那麼對眼前的誹謗侮辱，就都不值得在意了。

然而，這得經過多少人事的歷練，才能真切了解呢？

只是作為一個老師，我不免有著很深的感觸。教育的工作如此艱鉅而且影響長遠，必須時時戒慎恐懼，輕忽不得。每一個年少的孩子都是國家的花朵，需要用心照料，才能綻放出最大的美麗。

教育，果真在給予愛和提供榜樣。

我願意努力發揮出生命的光和熱，我也冀望，每一朵花都能以她動人的美麗妝點我們的世界。

生活中的禮物

上天常給我們很多的禮物，都在生活之中。有的處處是歡笑，有的卻充滿了眼淚，然而，他們都一樣的珍貴。

關懷是溫暖的，可是在人與人之間並不全然如此。也有摩擦、衝突、詆毀、誤會，摻雜著痛苦和悲哀；然而也帶給了我們省思和成長的機會，更從而增長了我們的心智和韌性。

我們不能期待自己永遠不摔倒、不受傷，但我們應該要求自己不犯下相同的錯誤。被同一塊石頭絆倒，簡直是一種可恥。

我們也常在別人的真實故事中得到了啟發和學習。

我有個長輩極為能幹，卻也因此變得強勢。在家，固然大權在握，總是她說了算；

對外，也依舊呼風喚雨，神氣極了。更糟的是，她看不起不如她的人，老是說：「怎麼那麼笨？豬腦袋！」要不，就說：「簡直是白痴，飯桶一個！」……這些話都傷了人，搞得天怒人怨，大家都對她敬而遠之。

到她晚年的時候，留在她身邊的，是她眼裡最不會讀書，也最不得她歡心的。也幸好到了垂暮之年，眼前猶有孝順的兒子來照顧她。她跟我說：「我終於明白，一枝草，一點露。每個人在上天的眼裡都一樣的重要和珍貴。我以前，不應該那樣要求事事完美。……」

我深深的覺得：要隨時都能看到別人的好，不吝惜稱揚。要經常與人為善，以共此有情世界。如此，我們也才會是快樂的。

《格言聯璧》中，有一句簡單的話，卻說得極好：

處事須留餘地，

責善切戒盡言。

處理事情時，要盡量留有餘地，勸勉行善時，千萬別把話給說絕了。這是一份體貼的心意，厚道，也足以遠禍。

人生的試鍊，沒有任何人能逃躲得了，誠實面對，才會是上策。「經一事，長一智」，無論怎麼說，我們都是贏家，還有什麼好抱怨的呢？所有的禮物，都是上天的祝福，令我們感恩。

服務的人生

國父曾說：「人生以服務為目的。」這句話是我終生所服膺的，現今的人則愛說「分享」，意義庶幾近之。

我的好朋友是個虔誠的基督徒，善良、平和、謙恭，我們都很喜歡她。她的身體不好，還願意去照顧其他的人，真是讓人感動。她活出了上帝的愛，周圍的人也因為她的良善而跟著信了主。這才是真正的基督徒，讓我們由衷的尊敬佩服。

我另有一個朋友則凡事計較，身體好，卻從來只顧自己，縱使有空也不肯幫忙，還說：「那就奇怪了，為什麼別人不幫我、不來為我服務呢？」她寧可睡覺、看電視，從來不肯付出。

我這兩個朋友差別好大。

樂意服務的，擁有很好的人緣，幫助別人，也讓自己快樂。人人都喜歡她，她像春風的吹拂，使大地欣欣向榮；也像冬日裡的陽光，帶來了溫暖。

自私的朋友則宛如孤島，日子愈過愈寂寞，形單影隻，她活在孤獨的王國裡，親人離去，朋友疏離，內心一片空虛，也從來不曾體會到助人的歡喜。

我喜歡前者，也跟她效法學習。願意盡一己之力幫助別人，也在別人的需要裡，看到了自己的責任。我是快樂的，因為為善最樂。

我的心扉因而打開，看到了天光雲影，也接納了人間的美善。我的生活簡單而充實，豐富的內在讓我從來不覺得匱乏。

我真心的覺得，書上的這句話說得好：

施在我有餘之惠，則可以廣德；
留在人不盡之情，則可以全交。

盡我一己的力量努力去幫助別人，那麼就可以增進個人的德行；留給他人以不盡的情意，那麼彼此之間的友誼就可以因此長存。

待人宜多寬厚。與人為善總是好。

平常時候，旁人看我又忙又累，還多半都是為了別人的事，我卻以為，能替別人服務，也未嘗不是一種幸福。

我的人生，就在服務。

尼泊爾之旅

好朋友同春打電話來詢問，聽說，我曾經去過尼泊爾。

是啊，在二十多年以前，那是我的第一次出國觀光，還是自助旅行。

原來，同春最近和女兒相偕一起去了尼泊爾，據說一路上大呼小叫，高喊累壞了。

我說：「風景很美、很原始，衛生環境差一些。我早了妳二十年出發，體力比較好，也是應該的啊。」

還記得我回來時，醫生叔叔知道了，再三告誡：「以後不要去那樣的地方，可以去歐洲、美日等等。太落後的地區，萬一生病了，可真麻煩。」

那時候年輕，初生之犢不畏虎，現在想來，也很有趣。

去的時候是我們的寒假，尼泊爾也是冬天，晨起，我還穿著棉襖。

尼泊爾有著各式各樣的廟宇，宗教信仰虔誠。他們的公車花花綠綠的，堆滿了顏彩。那時候王室獨享尊榮，貧富懸殊，老百姓則生活困苦，到處看得到向觀光客乞討的孩子，各個衣不蔽體，讓人覺得心酸。

我們在奇旺，坐在大象的背上，搖搖晃晃的逛野生國家公園；在費娃湖泛舟，青山如碧，波光粼粼，詩情畫意。

旅遊，的確是讓人長了見識。

我還記得，曾經在書上讀過的一句話：

不可無不可一世之識；

不可有不可一人之心。

人生在世，不能沒有非凡博大的見識；但也不能有目中無人的狂妄。

所以，上進是必須，謙虛有必要。

旅遊，看多了好山好水好人情，讓我們跳脫了井底之蛙的目光如豆，也讓我們的胸懷更加的寬闊能容。

只是，如今想來，當年旅遊的美好和歡喜，也像是一場夢。

清秀佳人

今天，我在公車上又遇到了她。

其實很年輕，清清秀秀的佳人，為什麼她都搭那麼早的車？到底是什麼樣的行業，需要員工如此早就上班？

她下車的時間，大致是清晨五點五十。

有一次，她下車時，還跟司機先生致意，說：「你很親切，能搭到你的車是福氣。」我因此聽到她的聲音，有一種清新和羞怯。

她還曾穿過一套淺紫色的洋裝，搭配著薄紗披肩，秀氣而美麗，我好想問她：「是不是要去約會呢？」

又有一次，她下車後，又急急敲窗；可是車子已經駛離。發生了什麼事？車上的乘客都很關心，是有什麼東西遺忘在車上嗎？

過幾天，有人提起這事來問她，她居然說：「沒有關係，只要丟掉的不是電腦，其他的都沒有關係。」

隔了半個多月，她忘在車上的東西居然「物歸原主」了。原來，是司機先生細心的替她保管，直到再度相遇，才還給她。原來，那天她敲窗時，車子已經行駛在快車道上，無法停下來。失而復得，我們都替她感到開心。台北人之間，也有著濃郁的情味，真教人歡喜。

我對她也很好奇。

今天，我坐在司機先生的後面，她下車時，就站在我的右前方，我忍不住問她：「妳是哪一行呢？需要如此早上班？」

她說：「只是一般的上班族。」接著又說：「我比較容易緊張，早一點工作，時間上比較寬裕。」

我點點頭，我也是個容易緊張的人：「這麼早就去，同事們都還沒有來，很安靜，可以做很多事。」今天她也穿得很美，淺綠色洋裝，搭配漂亮的紗質披肩。很像春天。

她下車了，帶著淺淺的笑意。

司機先生居然轉過頭來問我：「妳們說些什麼？」

呵呵，清秀佳人，連司機先生也注意妳喔。

我喜歡《格言聯璧》裡的這句話：

喜聞人過，不若喜聞己過；

樂道己善，何如樂道人善。

喜歡聽到別人的缺失，不如樂於聽見自己的過錯；喜歡說自己的好，不如多宣揚別人的優點。

這話我要謹記在心，也希望常能身體力行。

每回車子經過福星國小，我真心希望她是這所學校的老師，她的穿著樸素典雅，很有幾分年輕老師的氣質。

想像她帶領著一群小天使長大，我就忍不住要開心的笑起來。

文字的山水

我自知不是一個聰穎的人，每學一件事，我總是懷抱著「人一己十」的精神，毫不懈怠的努力前行。

表現得最明顯的，是在寫作。

幾十年來，不曾間斷的寫，聽不見掌聲也寫，我在孤單寂寞裡，依舊堅持的寫，不曾鬆懈。

有一次，我聽到學長說：「所謂寫作，當然是要天天寫。」

聽得我瞿然以驚，檢視之下，我也幾乎做到「天天寫」的地步。

一天，有個相熟的作家朋友在電話裡跟我說：「我們這一群朋友裡，只剩下妳一個人在寫了。真是不簡單。」

我很驚奇，「真的嗎？其他的朋友不寫了，都在做些什麼呢？」

「都不寫了。有的畫畫，有的旅行，有的燒陶，有的投身補教界……」

想到在這一大群朋友中，自己居然成了僅存的「碩果」，連我都不敢相信。

也許是景氣太糟了，寫下的文稿，找不到發表的園地，也覓不著成書的出版社，許多好朋友因此打了退堂鼓，多麼的可惜。

我仍然傻傻的寫，沒有喝采聲，不見歡呼聲，依舊苦苦的寫。只因為，寫作的確是我的興趣。

《格言聯璧》裡的這句話，道盡了我的心情：

豈能盡如人意，但求不愧我心。

凡事怎麼可能盡如己意，只求我的心中坦然無愧。

要求「不愧我心」，也唯有盡心盡力。

我在寫作裡，感恩曾經帶領我走進文學花園的母親。如今，母親已經在天上，書寫，是我思念母親的方式。她曾經期待我走創作的路，我也的確不曾辜負她的疼愛。寫作，也讓我能一再仔細省思自己的言行舉止，在不斷的修正裡，使我成為更好的人。

寫作會成癮嗎？或許，不是太容易。因為它太艱難也太辛苦了，尤其，堅持不易。可是，它非常的具有意義，清楚的記錄了一個人的愛與夢。我願意相信：唯有文字才能穿越時空，和知音的眼眸相遇。或許，這才是寫作讓我著迷的原因。

總是坐在桌前，辛勞的工作，很少出去玩樂。可是，我的確喜歡。我在文字的山水裡尋幽訪勝，而且樂此不疲。我以為，在那其中，會有更深刻的歡喜和更雋永的滋味。

我的堅持，就是我的快樂。

卷五

快樂。近在咫尺

倚在歲月的窗口，看時序的更迭。
我諦聽春天的腳步，
從遠處行來，款款如雲，
竟是偕同快樂來到，在每一片花葉裡。

強求

我發覺，人生有太多的不快樂，是來自強求。

安安是鄰居的孩子，活潑頑皮，很是討人喜歡，也常常到我家來玩。可是這一陣子都不曾看到他了，好奇怪啊。後來才知道，他被送去學琴，大概是忙著練琴吧。

有一天我回家時，竟然看到安安在社區前庭的樹下畫畫。「你畫得很好啊。」安安抬起頭來，一看是我，就對我扮了一個鬼臉。

的確，他畫的線條樸拙有趣，還有著豐富的想像，我只是據實稱讚而已。是拜師學藝的吧？「安安，你跟哪個老師學的呢？」

他搖搖頭，「我自己畫的啊。」他咧著嘴笑了起來，心裡大概有幾分得意吧？

我突然想到他學琴的事，「安安，你的鋼琴學得怎樣了？」

「我不知道。」他蘋果般的小臉突然黯淡了下來。

今天，我在社區門口遇到了安安的媽媽，話題也自然的轉到了安安的鋼琴課。

「安安實在太懶了，不肯好好的練琴，真把我給氣死了。」

「可是，」我說：「他畫畫很有天分喔。」我記得他的畫以及他歡喜自得的神情。

「唉呀，畫畫幹嘛？鋼琴都買了，不學怎麼行？那麼貴！我一定要盯著他，每天給我練練練、練練練。」

我看她一臉悻悻然，也可以想見安安的愁眉苦臉了。

我不明白，愛他，為什麼不讓他快樂的成長？給他一個美麗而可以不斷回味的童年，不是非常珍貴嗎？發覺他的潛能，加以引導，不是更能事半功倍，何以非要他去符合父母的期望呢？

我記得，書上說：

至樂無如讀書，

至要莫如教子。

人生最大的快樂莫過於讀書，最重要的事莫過於教育子女。讀書，讓我們溫柔敦厚；教育子女，是希望下一代更好。子女需要有耐心的帶領，一味的強求則難有佳績，縱然稍有成果，由於不是興趣的所在，只怕也無以為繼，更容易在轉眼之間失去。只不過是徒然的付出，卻帶來更多的不快樂罷了。

手足情傷

在電話裡，我問朋友：「最近心情好嗎？」她說：「不好！」聲音哽咽，才說完，就痛哭了起來。

我知道，這一切都為了她那不成器的弟弟。

是身強力壯的一個男子，奈何好吃懶做，不願自立自強。說他沒本事嗎？好歹也是個大學畢業生，只因好高騖遠，不肯吃苦，只等著姊姊來接濟。

這到底是一種怎樣的心態呢？

他總是把話說得漂亮，誇誇其言，天花亂墜，不明就裡的人還以為他是個金融理財的高手，卻不知只是經常進出股市、期貨，賠了一次又一次的錢。他不事生產，卻又盡做賠錢的事。這錢從哪裡來？

「當然是我爸媽把土地、房子不斷的賣掉！」

這些不動產遲早有賣完的一天，到那時，又該如何呢？

唉，家中有這樣的手足，竟成了心頭的「痛」。幫也不是，不幫也不是，只是個扶不起的「阿斗」。

《格言聯璧》中，有一句話是這樣說的：

遇朋友交游之失，宜剴切，不宜游移；

處家庭骨肉之變，宜委曲，不宜激烈。

與朋友交往中，遇到矛盾誤會時，應當誠懇的說明，不要遲疑不決；在至親骨肉間，有變故糾紛時，應該婉轉協調，不要激烈對抗。

至親骨肉的親暱，當非友輩所能及。只是當好話說盡時，對方依然故我，還能和顏悅色嗎？我很懷疑，天底下，委曲真能求全？

父母、手足、兒女，都是命定。誰有權力加以選擇呢？如果是善緣，那是上天恩賜的禮物，要知道感恩惜福。如果是惡緣，就成為今生的功課，有多少的眼淚和磨練來到，對我們而言，都是修持。

我另有一個朋友，也被他的哥哥給氣壞了。更糟的是，哥哥結婚了，還有兒女要扶養，當然責任就落在老母的肩上。其他的手足看了不忍心，就拿錢資助他，結果是做任何生意都失敗，錢就好像丟到水裡一樣。全家人為了哥哥的不成才，也受盡連累，但又能怎樣呢？既不能坐視不管，也只有依能力幫他，走一步算一步了。

一個人如果不肯自立自強，旁人想要幫他，是無從著力的。

我奇怪的是：他長年成為其他手足的負擔，難道不覺得慚愧嗎？或許，他認為人人欠他，理應如此，久了，也就無所謂了。如果真是這樣，對一個不思振作，沒有羞恥心的人，我們也只有搖頭歎息了。

有這樣的手足，到底傷了彼此的和氣。

幸福的起始

夜晚時候，珠兒打電話來閒談，我有感而發的說：「如果我們幸福，那是因為我們有一個溫暖的家。」

家，是所有教育的開端。幸福的起始，是來自有一個好母親。

我們這一生，得自母親的教誨極多，言教、身教都是。可是，卻不是人人都有這般的幸運。

我的朋友光子，她的母親就是另一種。她讀大學時全靠自己張羅，學費、生活費都得打工取得。家境不好嗎？不是，只因父親長年在外工作，母親只顧自己，不肯支付。大學畢業了，優秀的她，在知名的大企業裡，找了一份很不錯的工作，待遇、福利都高出一般人很多。母親雖然沒有明說要她的錢，卻巧立各種名目，把她的薪水全都挖走。有一次她生病住院，需人照料，特地跟母親情商，卻被斷然的拒絕。她結婚時，母親拿走了所有男方的聘金，卻沒有給她任何一點嫁妝。母親跟兒女從來不親，卻人人對她畏懼萬端，凡有指示，莫敢不從。即使今天高齡已八十多，仍穿細高跟鞋，聽戲、唱戲、打牌……尋常日子都過得有聲有色。錢多、房產多，逍遙得很，只是兒女的死活全不在她的心上。

我聽了，簡直無法置信。她卻說：「我看到妳書裡寫，第一次寫字時，是媽媽握著妳的手，在紙上，一筆一畫寫出來的。我完全不能想像。……」是的，問題在於，我們的母親全然不同典型。我的母親疼愛兒女，她的母親卻只愛自己。

這是生命初始的不同，也造就了後來人生旅程的大異其趣了。

我讀過書上的一句話，說得很有意思：

治家忌寬，而尤忌嚴；

居家忌奢，而尤忌嗇。

治理家庭忌諱寬大無邊，卻也更忌諱過於嚴苛、吹毛求疵；日常生活忌諱過分奢華，卻也更忌諱刻薄吝嗇、一毛不拔。

說的應該是中庸的可貴，智慧的難得。

其實也仍存有個別的差異，端看個人的努力。我的朋友出類拔萃，我則只是平凡快樂。

然而，我也為此深感幸運。幸福就好，那已是上天的厚愛了。

往事，怎堪垂釣

在一個初冬微涼的午後，妳告訴了我屬於妳的婚姻故事。

這樣的故事並不特殊。家家有本難念的經，於是成了今生的功課。

生性浪漫的妳，卻嫁給了一個粗俗火爆吝嗇的人，二十年的共同生活，也造成了心靈上的距離愈來愈遠，妳不願意再繼續隱忍下去了。

本來，你們是做印刷生意的。妳即使有孕在身，也依然得挺著大肚子搬著沉重的紙張，替丈夫分憂。多年下來，妳的手都起了厚繭，妳沒有抱怨，有些生意還是客戶幫忙介紹的。只是，近些年來由於經濟的不景氣，出版界一片蕭條，生意是愈來愈難做了。於是，收了印刷廠，妳開起小吃店來。凡事起頭難，撐了一年多，總算逐漸好轉，每月開始有了一些盈餘。小吃店由妳掌管，丈夫卻常來過問。妳愛朋友，也把客人當成了朋友，有時還免費奉送檸檬汁或水果。這一點，更加觸怒了妳的丈夫，老是沒好口氣的怒罵：「為什麼要免費送人家？根本就沒有必要！」

生活裡，有多少瑣瑣碎碎的事。啊，冰凍三尺，哪是一日之寒？

《格言聯璧》中，寫有這樣的一句話：

融得性情上偏私，便是大學問；
消得家庭中嫌隙，便是大經綸。

能夠消除性情上的褊狹自私，就是大學問；能夠化解家庭中的猜疑仇怨，便是真本領。

說來容易，真正去做，必然處處艱難。

你們有三個兒女，老二是個腦性麻痺的女孩，尤其讓妳操心。擔心她不能自立，將來無法照顧自己，會成為其他手足的負擔……

唉，母親的心就像一個針插，忍著無數的疼痛，像針刺一般的痛，至死方休。

妳其實很能幹也活潑，喜歡熱鬧，和個性陰鬱的丈夫大相逕庭。摩擦無法避免，日久嫌隙更大，妳很想離婚，然而，談何容易？才一提出，丈夫立刻不屑的說：「妳這麼醜，還以為會有人要喔。」妳雖然不是美女，卻也另有一種親和，我倒覺得也未必人人都是「外貌協會」的。當然，他尖銳的話語還是傷了妳。

如果妳一心想著求去，恐怕很難再要求妳繼續忍耐。我跟妳說：「先想清楚，到底妳要的是什麼？這只有妳自己最知道。」

我相信，所有的徵詢，也無非是希望對方能和自己站在同一條陣線上吧。婚姻的問題複雜，絕非單一因素，何況，連清官也難斷家務事。

果真「相愛容易相處難」？自覺無法相處時，又該怎麼辦呢？難道就一拍兩散、勞燕分飛？能不能有更好的方法，讓一切的傷害都降到最低？

如果往事不堪垂釣，又何嘗不是生命裡的傷痛？

宜留下惠澤

最近讀書，常有會意，真是賞心樂事。

《格言聯璧》是我喜歡的書，有一句話，是這麼說：

面前的理路要放得寬，使人無不平之歎；
身後的惠澤要流得遠，令人有不匱之思。

眼前為人處事要寬宏厚道，使別人沒有因不公平的對待而歎息；身後留下的恩澤要深厚綿長，讓他人有無盡的思念。

其實，我們待人接物寬厚總是好的。

也讓我想起了好朋友的遭遇。

她跟我說：「我家婆婆權力大如天！」

幸好她每天得要外出工作，至少上班時間，婆婆無法干預她。也幸好後來請了外傭，有外傭的幫忙，週末假日偶爾她還可以出去參與活動。

婆婆大人高齡九十了，一向精明能幹、善於理財。請外傭，婆婆是不高興的。老人家覺得，為什麼不是由媳婦來伺候？

老人家也的確善於理財，有房產數處，可以收租，到現在也都有自己的存摺，而且還不止一本。由外傭推著輪椅，領她進出各銀行，或存錢或做投資，金額保密，沒有一個兒女知曉她老人家到底有多少錢財。其實兒女也都很出色，無人覬覦老人家積攢的金錢。

強勢的婆婆從來就跟外傭處不好，一換再換，要不就乘機落跑。老人家認為：「我有權利換外傭啊，外傭做不來，那也是她的事！」到現在已經換了快二十個了，婆婆的大名響徹仲介業。

有時候，她看到婆婆對著外傭頤指氣使，還整天碎碎念，全都是抱怨，說外傭偷懶，說外傭態度不好，又說外傭偷吃東西……她常覺得，外傭是代她受過了。相信在婆婆的面前，她的角色地位怕也高不了外傭多少。

她還是感激的，婆婆大人耳聰目明，天天打補針，九十歲的老人家除了腳力弱一點，外出需要坐輪椅，有一些慢性病，其他大致都好。並沒有臥病在床，也不需要時時在一旁照料，這讓她的壓力減輕了許多。她只可憐婆婆福祿壽都齊全，可歎心胸狹隘，器量窄，老是不快樂。天天埋怨，又怎麼開心得起來呢？老人家的兒孫都好，衣食無虞，其實可以把日子過得很愜意的，根本不必這樣。這些恐怕也得她老人家想得開才行。

每當家人一塊兒吃飯，耳畔全都是婆婆大人的怨語，毫不歇止，絮絮叨叨，氣氛不佳，也聽得大家心情不好，最後各自放下碗筷，作鳥獸散。唉，婆婆大人，讓大家怕您，而不是敬您、愛您，您覺得這樣子比較好嗎？

人的個性不易更改，何況已經是九十歲的老人家了。大家只好學習接受，要不，又能怎樣呢？

這樣的婆婆難以伺候，可是並不算是最糟的。比上不足，比下有餘，也只有懷著感恩的心，大家的日子才能過得下去。

當鄰近失火

一次險險就被波及的火災，終於改變了朋友母親的想法。

我的朋友年輕愛買衣服，才剛買回，就迫不及待的穿起來。新衣上身，不免心花怒放。而一向節儉的母親看到了，總是說：「怎麼不留到有特別的節日再穿呢？」女兒想：圖個歡喜，也夠本了；母親卻不以為然。偶爾也會有小小的爭執，雙方都不痛快。

有一天，鄰近失火了。外頭有人呼喊，有人驚慌走避……火舌在風的助長下，其勢銳不可當，說不定很快就要遭到池魚之殃了。慌亂之間，朋友和她的母親各自抱著一條狗跑了出來，其他什麼都沒有帶。幸好火災並沒有蔓延開來，很快就被撲滅了，算是虛驚一場。

朋友跟她的母親說：「萬一遭了火災，所有的衣物，一把火全燒光了。如果我的新衣服都捨不得穿，這下子，豈不是太可惜了嗎？」

她的母親歷經戰亂流離之痛，一向極為節儉，但這個活生生的體驗，也讓母親原本的看法有了一些修正。

《格言聯璧》中，有一句簡單的話，卻極有見地：

作本色人，說真心話，幹近情事。

作一個質樸自然、不矯揉造作的人；說出發自內心、不虛偽的話；做順應事理、合乎人情的事。

我喜歡這樣，真心誠意，行中庸之道。

我倒想起了屬於自己的成長歲月。我從小看著母親持家的辛勞，是怎樣的克勤克儉，想要省下每一分錢，給兒女們讀書。這讓我從來不敢胡亂花錢，也極端的惜物。

小學時，一盒畫圖用的水彩，總是省省的用，結果大半乾掉，不只可惜，也算是浪費了。即使後來，我做事了，有時也買些漂亮的衣服或者自己喜歡的東西，因為捨不得，都收了起來。時日一久，有的忘記，有的找不到，更讓人嘔氣的是：都還不曾穿用呢，全新的，卻已經過時了！

所以，東西既然買來，必然是喜歡的，那麼，就該物盡其用。當一件物品，能用到被淘汰，如此的鞠躬盡瘁，物若有知，也會覺得很光榮吧。

這算不得是喜新厭舊，或許，也可以說是當用則用了。試想，再好的東西，卻被閒置起來，無法發揮所長，才真的是遺憾呢。

朋友恐怕也沒想到，她的切身經驗，險遭祝融之災的感想，對我也是一個很好的啟發。

一人照顧全家

很多人知道她在國中教書，都不勝羨慕的說：「真好。」好像都沒有人記得，她教書的第一個月薪水是一千九百元。實在不足以養家活口，當然，那時她年輕未婚。

她一直沒有結婚，直到退休。由於薪水的一調再調，加以退休福利豐厚，的確是衣食無虞。

然而，她肩上的重擔，又有誰明白呢？

父親早逝，她有兩個弟弟都不成才，娶妻生子後，變本加厲。弟媳也不好，就讓兒女自生自滅，老媽媽捨不得，擔起了照顧的責任，生活要錢，孫子們讀書也要錢，錢從哪裡來？都由她這做姑姑的一力承擔。兩個弟弟和弟媳都染上了毒癮，先後入獄，出來後，惡習難改，不多久又進去了。周而復始，沒有止時。唉，人一沾上毒品，大概就毀了，因為掙脫太不容易了。

兩家的孩子也慢慢長大了，沒有勤勉好學的，多的是不懂事。有時跟姑姑要不到錢，還出言不遜，居然跟姑姑嗆聲呢。

後來老媽媽也生病了，幾年以後，更加沉重，就送往安養院，委託他人照料，所有的開銷，當然都是她的事了。

弟弟不學好，弟媳不負責，他們的兒女也都亂七八糟，還有什麼指望嗎？簡直看不到未來。

弟弟們身處今日的窘境，難道不也來自媽媽對他們的縱容嗎？

書上有這樣的一段文字：

物力艱難，要知喫飯穿衣，談何容易！

光陰迅速，即使讀書行善，能有幾多？

創造財富十分艱難，要知道吃飯、穿衣，說來簡單，做來可不容易。時光稍縱即逝，就算天天讀書、行善，又能做得了多少？

不求上進的弟弟們，這樣的道理，恐怕也是不明白的。

她常上安養院探望老媽媽，老媽媽仍一再詢問兒孫，很放心不下；可是她也不忍心告訴媽媽實情，就先輕描淡寫，多說幾句美言吧。

至於自己肩上的重擔，這麼多年來，也習慣了。

姊妹花

生命，總是在孤獨的來去裡，寫盡了各自曲折的心事。

她們是一對姊妹花，姊姊乖巧妹妹嬌俏。

在那個台灣普遍貧窮的年代，加以食指浩繁的家庭裡，身為長女的姊姊認真讀書，早早就從師專畢業，在附近的小學教書，藉以減輕父母肩上的負荷。當年畢竟是功課好，後來有機會保送大學深造，爸爸卻遲遲不肯點頭，因為在她下面，還有兩個弟弟一個妹妹需要栽培。媽媽倒是贊成的，再辛苦也不過幾年，上進總是值得鼓勵；何況，媽媽飽受不識字的苦，孩子願意繼續讀書是好事。

姊姊因此上了大學，半工半讀，給家裡的經濟支援也從來沒有少過。

妹妹則一帆風順，小學、中學、大學，一路讀了上來。

爸爸最疼妹妹，妹妹也因此格外嬌寵。由於，我們兩家是鄰居，情誼非淺，常相往來。據說，當年我奶奶還曾預言過：「將來，姊姊的命會好過妹妹。」沒有想到幾十年過後，這話竟也成真。乖巧的姊姊待人體貼周到，人生不可能沒有困境，好人緣的她卻常得貴人相助，平安涉渡所有人世的風雨。嬌寵的妹妹結婚後，先和公婆處不來，又和丈夫的感情有問題，後來連兒女們也漸行漸遠……

書上有一句話，雖然說得簡單，卻含有深刻的道理。

知足常樂，能忍自安。

懂得知足的人，經常會覺得快樂，能忍住一時之氣的，自然得到安寧。人間行路，知足和忍讓，給了我們真正快樂平順的生活。……

姊妹的感情再好，卻各有自己人生的路要走，其中的酸甜苦辣，也唯有一力承擔，旁人如何代受呢？

一個祕密

朋友跟我說了這樣一個真實的故事：

每回想起她，就讓我啞然失笑。她，真是一個「特別」的人。

我們曾是大學時的同班同學，還是室友呢。她看來一副漫不經心的模樣，當我們忙著準備期末考時，她仍好整以暇的看山看雲看晚霞，在小徑上賞花和散步，完全不像要大考，而我們卻早已讀得昏天黑地、不辨天日，差一點就形容枯槁了。

如果，你以為，她總是這般的從容優雅，像一朵美麗的花。那，你可就誤會了。直等到明天就要考試了，我們這些室友就不斷的聽到她的哀哀叫，或喃喃自語或聲音顫抖或面無人色……最後，總有人引發了惻隱之心，替她抓重點、講解，甚至翻譯。第二天她勇敢進場，旁人看她鎮定如常，以為她胸有成竹，其實完全是抱佛腳之功。

原以為她受此教訓，下個學期勢必未雨綢繆，早做準備；然而，全不是這麼一回事，她依然故我，讓一切又都重演。又看到她不時閒閒的、浪漫的走在山路上，何等的詩情畫意啊！又聽到她哀哀慘叫，本想聽若無聞，但不忍之餘又去幫她，竟是這樣的循環不已。到底是我們縱容了她呢？還是她根本就吃定了我們呢？她還跟我們說：「在這最後的關頭，讀書的效率最高！」我們都報以苦笑，她竟還沾沾自喜，卻不知是室友們的拔刀相助、大力護航。

在外人的面前，她仍是優雅的微笑，男生們常被她的笑容所迷惑，仰慕者多如過江之鯽，甚至前仆後繼，無有止時，直教我們歎為觀止。

我們的科目只要不是過於專門或艱深的，必定會湧進大量的旁聽者，把整個教室給擠得水洩不通，熱鬧得有如置身在菜市場，而所有的焦點只在她的身上。奇怪的是，她並沒有所謂的「男友」時刻相隨。原來，她總是虛晃一招，讓所有的男生們心中竊喜。有道是「人人有希望，個個沒把握」，於是，總以為，只要自己不斷的示好，遲早都將脫穎而出，贏得青睞。

她這樣做，到底有什麼好處呢？經過我們的仔細觀察，原來好處多到數不清。每日三餐，都有不同的人排隊等著為她送餐或與她共餐，有事，「男生」服其勞。不論粗活、細活，一概有人搶著去做，還一副「樂供差遣」的模樣。舉凡占位子、影印資料、借筆記……都有人代勞，她只要打扮得美美的，坐在一旁微笑，等著說「謝謝」就可以了。

也許你會說，既然這樣，那，準備考試時又何必妳們這些室友為她操心？各位有所不知，如果真相大白，她那「才女」的美名豈不就要飛了，哪能再裝模作樣下去呢？只是，那些不明就裡的「呆頭鵝」還是愛她欲狂，被公認是校園中最具有魅力的女生。魅力無法擋喔！我們這些室友暗暗笑在心裡，「大美人」還有一個天大的祕密，她可是能不洗澡就不洗澡，若要外出，則猛灑香水，故而香聞數里之外。也只有我們這些室友才知道，她連吃點心的碗筷都懶得洗，用過之後全都堆在床下，直到有人「日行一善」，替她全數扔掉為止。

我們不愛說長道短，所以祕密守得住。每當有男生知道我們住在同一間寢室時，總愛向我們打聽她，我們就輕描淡寫的說：「她不錯呀。」心中則大笑不已。不知最後哪個是「最佳男主角」？他到底是贏了還是輸了？

真想以《格言聯璧》中的一段話，來奉勸那些男生：

以鮮花視美色，則孽障自消；
以流水聽弦歌，則性靈何害。

以欣賞鮮花的心情來看待美色，知道它無法永遠美麗，那麼因著痴迷所種下的禍根自然可以消除；以聽流水的心情來聽弦歌，明白它一去不回頭，那麼，懂得放下，對性靈便毫無所傷。

如果沒有美好的德行，一切都只是夢幻泡影。一如鮮花流水，轉眼即逝，並不值得留戀。

別後多年，有誰能告訴我，我們美麗的夏娃到底花落誰家？

愛是種子

如果，是一粒種子，就等著發芽、開花和結果。

會不會天從人願呢？那需要等待的時間。

等到東風吹拂，大地彷彿從寒凍中逐漸甦醒，天暖和起來了，小小的種子要衝破厚重的土層，才能探出頭來。那需要勇氣、堅持和毅力，一一掃除不利的因素，才能為自己掙得生存的空間，有陽光有水，它就蓬蓬勃勃的長起來了。

我想，愛，也是這樣吧。

剛教書時，我其實太年輕，以帶領自家弟弟妹妹的心情來和學生們相處，的確是感情真摯融洽，縱使別離多年以後，仍然時時想起，成了彼此生命中難以忘懷的一頁。

我是喜歡閱讀的，我清楚的知道閱讀能帶來太多的好處，對整個人生，尤其是很好的提升。於是，我花了很多的力氣來誘導，例如，精選世界文學名著，當成故事來說。當他們為我的故事所著迷時，其實距離文學的喜愛已經接近了一步。我是愛書人，我盼望他們也會是。人生的淒風苦雨太多，挫敗困頓的時候，書是最好的心靈撫慰。能夠由書來陪伴成長，而不是跌跌撞撞傷心落淚，我以為，那也是福氣。

我努力在他們的心靈裡埋下真善美的種子，其實，那來自愛。

有一段話，是我常在課堂上提起的：

一點慈愛，不但是積德種子，
亦是積福根苗。試看哪有不慈愛底聖賢？
一念容忍，不但是無量德器，
亦是無量福田。試看哪有不容忍底君子？

心中懷著慈愛，不但是積德的種子，也是積福田的根苗。請看古往今來，哪裡有不慈愛的聖賢？內心抱持寬容忍讓，不只是無限的修養與才識，也是無量的福澤根源。請看古今中外，哪裡有不容忍的君子？

我深知，取法乎上，僅得乎其中。我多麼希望他們將來都會是謙謙君子、有為有守。很多年以後，他們都已經長大，成為社會的中堅，我也逐漸向著人生的黃昏靠攏。有一次，我寫了一本跟校園有關的新書，出版社建議，也讓我往日的學生說幾句話吧。

俊臨說：「我在國中時期上了一堂又一堂免費的文學課。是她，琹涵老師，懷抱著一顆誠摯的愛心及熱血，帶領我們走過那個快被『考』焦的時代。如一注清流溪水，一處庇蔭樹下的草坪，我的心有了精神休憩所。她，不僅是位良師，更是文學小說精髓之美的最佳代言人。」

麗絹說：「……我知道，我的生命轉了彎，因為閱讀因為文學，所以豐富所以獨特。如今，推閱讀教寫作，也成為我的班級必修課程。我站在講台滔滔不絕的說書、朗誦詩歌，我拉著孩子也要爬到巨人的肩膀上，呼吸、眺望和夢想。望著他們閃亮的眼睛，一如從前的我，我知道十歲小孩的心中已經播下閱讀的種子。」

這些話語，都讓我熱淚盈眶。

我明白，生命中那些愛的種子早已逐一萌發茁壯，有一天都將鬱鬱青青，蔚為更多的美麗，豐富了我們的世界。

也許，我未必能親眼目睹，但是有什麼關係呢？多少後人將深蒙其惠，那曾經是我的期許和夢想。

坐在即將落日的窗前，我在安靜裡，享有無邊的歡喜。不曾虛度的生命，是一種多大的安慰。

平淡真好

我是一個平凡的人，也甘於平淡的生活。我覺得，平淡真好。

不曉得別人會不會以為我太不知進取了？欠缺企圖心，會不會也阻礙了揚名立萬的腳步？

我認為，人各有志。歡喜做自己，不必跟著別人起舞。別人認為名利重要，我卻覺得，有個理想可以追尋是幸福的。富貴與我無涉，那不過是天上的浮雲罷了。

我有可能一輩子沒沒無聞，我也可能一生都住無豪宅、出門無司機、大房車，沒有名牌包，也穿不起名牌衣。可是，我知道我是誰，我知道我的努力會有小小的成績，我知道我的此生不會虛度。

也許，我逐漸有了自信。我走自己的路，即使跟別人的不一樣，又有什麼關係呢？

我明白，那是一條有意義的路，也許不是坦途，崎嶇而難行，可是，我依舊篤定的前行。

書上有一句話，是我很喜歡的：

知足常足，終身不辱；
知止常止，終身不恥。

心裡知足，不過分妄求，就經常會覺得滿足，這樣，一輩子都不會遭到羞辱；懂得適可而止，就常能在適當的時候止步，如此，永遠都不會受到恥辱。

這是人生的智慧之言，經歷了許多歲月，我才真正讀懂它。

年少的時候，我做不到這樣。我害羞膽怯，人云亦云。我怕被同儕排擠，我需要認同，我渴望被稱讚。慶幸的是，我的個性好，朋友們是喜歡我的。然而，我不快樂，因為我並沒有找到人生的目標，我活著，卻不覺得有什麼活著的必要。也經過了許久的摸索，向書本去探求，向高明去請教，逐漸的，我在工作中得到了肯定，我在付出裡，找到了生命的價值。

一個人只愛自己是不夠的，他必須愛國愛人也愛世界。愛，不應有階層，也不應有種族、國界的區分。我們必須濟弱扶傾，為弱勢發聲。如此，世界大同的理想才有可能實現的一天。

就做自己吧，走自己的路，雖然辛苦，也是歡喜的。平實的日子，腳踏實地，沒有虛妄。平淡的生活雋永，多有回味。

快樂做自己

我的個性害羞膽小，人多的時候，就會隱藏自己，成為一個沒有意見的人。

有一年暑假，朋友們約我一起出國去玩。

我歡歡喜喜的說：「好啊！」

可是要去哪裡呢？大家得合計合計。我住台北，其他的朋友都住台南。

他們說：「新加坡，新加坡好嗎？」

「好啊。」我沒有意見。

過兩天，又打電話來說：「新加坡太像台灣了，沒有出國的感覺。還是馬爾地夫好。」

我也說：「好，馬爾地夫好。」

隔一天，又改成了「夏威夷」。我沒有異議。

最後敲定的是關島。

關島好玩嗎？也的確很不錯的。

我喜歡我的朋友們，能夠大家一起去玩，就很開心了。

所以跟朋友在一起時，我就會小心的把自我給摺疊起來，一切以團體為依歸，從來不作個人堅持。也許，這樣的隨和，沒有稜角，被認為容易相處，我的人緣一向很不錯。當然，也因為朋友們基本上都善良，也待我友愛，友誼因此更能長長久久。如果遇到的是個壞人或偏執狂，我想局勢將全然改觀，恐怕被詆毀、中傷，簡直無從想像。我曾經遇過一次，完全無可理喻，只好敬而遠之。我很慶幸，不是他的家人，還有他處可逃，大不了，就「拒絕往來」吧。

也有那個性太差的，難以相處。朋友的好處，在於可以選擇。相形之下，磁場接近的，屬於同類，交往起來，容易多了。

我有個學長寬闊能容，令我佩服。他說：「既然把對方當成朋友，對他的缺點就要學會接納。盡量只看優點，別看缺點。」我沒有問他：「倘若缺點過於嚴重呢？又倘若缺點超過優點太多呢？」

我曾在《格言聯璧》上，讀過這樣的見解：

理欲交爭，肺腑成為吳越；
物我一體，參商終是弟兄。

天理與人欲交相爭鬥，極為親近的人也會反目成仇；胸懷博愛，外物與我一體，即使是水火不容的仇敵也終究會化作兄弟。

這事做來談何容易？恐怕已經是聖賢的境界了。

幾年以後，學長告訴我：「簡直到了無法忍受的地步。」我不知他是否還能不在意對方個性上的大缺失？

不過是朋友，合則來，不合則去，我以為無須委曲求全。

所以，我其實是有底線的，超過太多、太嚴重，尤其涉及人品，我是寧可割席絕交的。

人生苦短，要做的、有意義的事很多，我的時間無法輕易浪擲。我在小節上，可以讓步，其他的，我要求做自己，歡喜做我自認有價值的事。這樣，我的生命沒有浪費，我的人生精采，更重要的是無忝所生，俯仰無愧，這是我從來在意的。

找到幸福的地址

幸福是有地址的。
真的？在哪裡？
有待尋找。
這是什麼答案嘛？簡直是不負責任。
他吹著口哨，跟我說：「將來長大以後，我要去當水手。四海一家處處家。」
我很崇拜的看著他，他突然轉過頭來問我：「那，妳呢？」
我從來沒想過這個問題，我只有九歲，將來不是很遠嗎？我說，「我怎麼知道呢？」
他竟然說：「如果不知道，又怎麼會有將來？」
我只好小小聲的，帶著不確定的說：「我當老師吧。」

童年的時光轉眼成為過去，我們家也早就搬離鄉下，就在我國小畢業的那一年。然後我讀中學，上大學，因緣際會，居然成了老師，在一所國中教書。

那麼，他呢？我其實一直在找他的，奇怪的是音訊全無。

我想，或許真的去當水手了吧。四海遨遊，行蹤飄忽，當然就不容易知道他的所在了。

我在平靜裡過自己平淡的生活，也享有平凡的快樂。

有一天，我去參加一場婚宴，居然巧遇我小時候的同學。因為當年我們住在同一個廠區，雙方的父親是同事。我們開心的聊了起來，我突然想起那個要四海為家的小男生，順便打聽他的近況。

他驚奇的看著我：「難道妳沒看新聞嗎？」

「什麼？」

「他教唆搶劫殺人，早就被槍決了。」他說，「恐怕都有五六年了。」

這真是一個可怕的消息。回家後，我上網去查，果然如此。

我的心情一直很壞。他沒有成為快樂的水手，四處去增長見識，反而幹下了傷天害理的勾當。昔日的天使竟然在長大以後成了歹徒，連自己寶貴的性命也跟著賠上了。

《格言聯璧》裡，有一段讓人省思的話語：

欲不除，似蛾撲燈，焚身乃止；
貪不了，如猩嗜酒，鞭血方休。

如果欲望不消除，就像飛蛾撲火，直到燒毀自己才罷休；倘若貪念不消弭，就像猩猩貪酒，直到被鞭打流血才停止。

畢竟曾經是兒時的同伴，淪落至此，還命喪黃泉，多麼讓人痛惜。

幸福的確是有地址的，我現在終於明白了。

然而，它並不是在外的苦苦尋覓，那注定是要失望的。

原來，幸福的地址就在心中的平安，無有驚怖，自在歡喜。

思念的滋味

我們在成為格友之前就已經認識了，她是詩人。

有一天，我在她的格子裡讀到了她所寫的〈採桑椹〉，兩天以後，竟然收到她寄贈的桑椹汁和桑椹蜜餞。那是她住鄉下的公公，自家所栽種製成的。是無農藥、不添加防腐劑的優質健康食品。

謝謝詩人的一片盛情。

有一句話，是這麼說的：

荊棘滿野，而望收嘉禾者愚；
私念滿胸，而欲求福應者悖。

任憑田地裡遍布著荊棘野草，卻一心巴望收穫豐盛的人，是愚昧的；讓自私的念頭充滿胸中，卻希望求得更多福澤的人，是謬誤的。

明白了這個道理，所以，唯有辛勤耕耘，汗滴禾下土，那麼，豐收才有可能。

年少的時候，我們家院子裡也種有一棵桑樹。那是妹妹去同學家玩，折下了一小截桑樹的樹枝，帶回來以後，順手插在院子裡，日日勤澆水，它不只活了下來，幾年以後，還長得枝繁葉茂，果實纍纍。

那時候，我們早已相繼外出讀書，住在外地。那些桑椹，多得不得了，碩大而帶有微酸的甜美。母親四處送人，還剩很多。有的就讓它隨風飄落，鄰近的小朋友們則常來按門鈴，說是要採桑葉餵蠶寶寶。母親親切的為他們打開了後院的門，他們就坐在樹底下大快朵頤，摘好的整罐桑葉甚至忘了攜回家。天真的舉止，可愛的模樣，讓人莞爾。

母親把熟得呈黑紫色的桑椹摘下、洗淨，和砂糖，熬煮成桑椹果醬。等冷卻後，用玻璃罐一一裝妥，可以經久不壞。

另外，就作成了桑椹酒。

洗淨、晾乾的桑椹，放在甕中或是大玻璃罐裡。一層桑椹一層白糖，又一層桑椹一層白糖，直到裝滿密封。

可惜父親雖有遺傳的好酒量，平日也不愛喝酒。這些桑椹酒一放，竟有十年或更久的。

偶爾有客人來，就拿來待客。味香而醇，客人沒有不稱讚的。於是也成了最佳的伴手禮。

有時候，母親覺得似乎要感冒了，或有些兒上火，於是，摘一把桑葉加水煮，就當成開水來喝，連喝幾杯，果真消暑、降火氣，不只預防感冒，還可明目呢。另有愛美的女士，聽說是拿來減重的。

看來，桑樹的經濟效益很高。

我們搬離鄉下以後，桑樹就離開了我們的生活，只能存在記憶中了。雖然，我也曾經嘗試著在新居的陽台種一株桑，雖也長出了葉子，然而從來不曾見過桑椹的蹤影。

我想：它畢竟是屬於大地的，小小的公寓陽台，哪裡有它伸展的空間呢？

吃到桑椹蜜餞，彷彿那是思念的滋味，逐漸的漫溢開來，無可抵擋。

一顆心，突然徬徨了起來。思念那段無邪的年少歲月，思念那些已逝的親人，也思念那珍貴卻已失落的純真。

尾聲

祝福。夢想不遠

落紅片片天上來，花自飄零水自流，
且送給自己一朵微笑吧。
安然坐望生命的潮汐，
在起落之間，都有我的祝福。

彈吉他的年輕人

週日中午，好朋友要去喝個喜酒，半路上，遇到有個年輕人在路邊彈吉他。是街頭藝人嗎？她不確定，看來指法並不嫻熟。那年輕人喚住了她：「阿姨，妳可不可以幫我？」她在那空盒子裡放下了一百塊。

喝了喜酒，又去聽了一場音樂會。回家的路上，那個彈吉他的年輕人還在，她停下了腳步跟年輕人聊了一會兒。那人說，他讀餐旅大學，要還助學貸款……可是，好朋友覺得他應該學以致用才好；那年輕人卻說，他這樣也可以過。好朋友要他彈一首最拿手的曲子，可是聽來還是不夠好，尤其是接近尾聲時顯得草率而輕忽。這中間，他還曾三次停下來，跟路過的人說，你可以幫我嗎？……他的氣色顯得委頓，好朋友學的是音樂，便很誠懇的給了一些建議。她跟年輕人說，「把曲子彈得完整是演奏者的責任，不宜停頓；而且專注的演奏，也會讓人感動。」給了他一千塊。

後來快到家了，路過她熟悉的素食店，便進去點了一盤青菜和湯。星期天的黃昏，沒有什麼客人，好朋友跟他們說起方才那年輕人的事。老闆夫婦笑笑的問她：「妳給了他多少錢？」好朋友沒敢說實話，「只給兩百塊。」老闆娘說：「那，也太多了。」

我對那年輕人的說辭頗覺可疑。琴藝不精，卻拿它來掙錢，而且不夠敬業和認真，這和乞討又有什麼不同呢？年紀輕輕的，應該要有理想，更要有打拚的精神。臉色這麼差，晚上都做什麼去了？他真的讀了餐旅大學嗎？恐怕沒畢業吧。總不能就這樣混日子，遲早都要後悔的。

我曾經在書上讀過的一句話，是這麼說的：

小人專望受人恩，恩過輒忘；

君子不輕受人恩，受輒必報。

勢利的小人只一心希望能得到別人的恩惠，但受恩之後，轉眼就忘了；正人君子則不肯輕易接受別人的恩澤，一旦接受，必定設法回報。

小人和君子畢竟有別，那年輕人會是屬於哪一種呢？

好朋友也太善良了，後來她付賬時竟發現身上的錢不夠了，趕快跑到提款機去提錢，老闆夫婦畢竟相熟，一看就知，都快笑翻了。

我喜歡她，她善良、待人誠懇，可是在幫助別人時也應謹慎，否則就是一種縱容和誤導了。

任憑花落花開

人間行路，花落花開都是尋常。

朋友來訪，對於我家居的樸素非常訝異。他不知道，我的母親就是這樣。縱使出身富裕之家，也依然十分簡素，連佩戴的首飾都不多，只有那少少的幾樣，還是具有紀念意義的。

那麼樸實無華的風格，我們兒女也都傳承了。即使有那經濟寬裕的，頂多也不過是房子大一些、地段好一點，平常過日子也都儉樸。

這讓我們有餘裕去追求精神生活的豐美，或閱讀或看表演或聽音樂會，我們著重文學藝術的提升。我們都愛朋友，以誠意待人，時時與人為善，這也讓我們多結好緣，日日歡喜。

雙親尤其重視我們的品格教育。即使是細微末節，也從不輕忽略過。

欲做精金美玉的人品，定從烈火中鍛來；

思立揭地掀天的事功，須向薄冰上履過。

想要成就純金美玉那般完美的人品，一定要經過像烈火那樣的嚴酷考驗；希望建立驚天動地的偉大事功，必須要有如履薄冰的戒慎恐懼。

人間所有的不如意都是錘鍊，都將成就更好的自己。

感激父母的教誨，讓我們一生受用。

相較於他們在戰火中的成長和求學，動亂的時局，尤其是一九四九那天翻地覆的一年，有多少人骨肉分離？又有多少人輾轉溝壑？深沉的血淚斑斑，難以訴盡，都成了心頭的痛、暗夜的淚。相比起來，我們都太幸運了，不曾經歷過這些，我們在安定中讀書就業，上天何其厚愛我們！

生命的旅程卻另有試鍊，然而，能夠正向思考，也讓我們不致陷入絕望的深淵，相信依然能盼到太陽的升起，人生中永遠有希望。

花落花開都是尋常，但有好風如水，我們也總是歡喜自在。

求知的心

未來仍遠，在路的盡頭，在雲深不知處。

也曾經跌跌撞撞，更多的是夙夜匪懈，只為了不要留白，更為了不讓人生有所憾恨。

求知的心帶來快樂，也使生活顯得格外豐富而有意義。

我的好朋友提早從職場上退休了，天從人願，十分開心；卻又不免憂心忡忡的問：「以後的日子，會不會太無聊了？」

「不會！」我很篤定的告訴她。

像她那麼上進、勇於求知的人，只會覺得時間的不夠支配，哪裡會感到無聊、難以排遣呢？

她平日上班，已經夠忙的了，還偷閒去學英文，又學日文。語文的學習需要反覆的練習，費時又費事，她忙得團團轉，尚且甘之如飴。何況，退休以後，她會有更為充裕的時間，更加的如魚得水，大可以好好學習呢。

可以去游泳、打太極拳、跳元極舞、打球……找出適合自己的運動並持之以恆，先把虧損的健康回補過來。當一個人身手矯捷，行動俐落，充滿了活力時，病痛就不易纏上身來。有了健康，世界才是彩色的；有了健康，也更能樂觀的看待人生。

不妨選一些自己有興趣的項目去學。在我認識的人裡，有的學語言，有的學電腦，也有的唱歌、畫畫、插花，甚至上研究所讀書、學中醫……學習，可以開啟智慧，增廣見識，也拓展了胸襟。知道自己每天都在進步之中，都走在一條更好的路上，的確是喜不自勝。學習，讓人長保青春，也忘卻了許多世俗的煩惱。

也可以參與志工的行列。在圖書館、醫院或者其他的公益團體中。付出，是一種快樂；付出，也是對社會的回饋；付出，更表示自己有足夠的空間、相當的健康和不錯的能力。能付出，是一種怎樣的福分！

有這樣的一句話，說得好：

下手處，是自強不息；

成就處，是至誠無妄。

著手去做的時候，只一心努力上進，永不停歇；等到有成就的時刻，必然真誠和順，水到渠成。

走出原本狹隘的天地，因著求知的心，讓我們凡事好奇，也凡事盼望，日子變得繽紛美麗了起來。

說話的藝術

把話說得好，說得言之有物，擲地作金石之聲，說得逸興遄飛，聽者動容，又哪裡是容易的事呢？

《格言聯璧》中，有這樣的一句話：

看書求理，須令自家胸中點頭；
與人談理，須令人家心中點頭。

讀書求理，必須讓自己心中明白領會；和別人談論事理，必須讓對方由衷的同意歡賞。

我以為，這樣，才算是真正的善於言詞。

我很不喜歡開會，尤其，最怕遇到那些一拿到麥克風就捨不得放下的人。常常我看到說的人喋喋不休，細聽之下，竟是反覆再三，既繁瑣又乏味，也難怪聽者心有旁騖，甚至昏昏欲睡了。這樣的績效不彰，我不能理解的是：「為什麼不提示重點，盡快散會呢？剩下的時間，還可以另作他用啊。」

我的同事笑了起來：「唉喲，鐘聲都還沒有響，就提前散會？太可惜了。」可是這樣的聽者藐藐，難道他會一無所覺嗎？或者他知道，也根本不放在心上。今天，我身為長官，麥克風在我手裡，我就是要說個痛快，聽不聽由你！

只是說了一籮筐的話，卻又不見效果，這不是很浪費嗎？我深以為不值得。唉，卻不知一朝有權在握，只怕就「當局者迷」了？

那些也常有機會在大庭廣眾間發表議論的人，固然也有幽默詼諧、妙語如珠，贏得舉座歡笑的。可是，也不乏冗長空洞、言語乏味，讓人無法耐心的聽下去。尤其，有時不當的言論，真如利刃，不只破壞了和諧的氣氛，也傷害了別人。

「奇怪啊，他有那麼多練習的機會，怎麼還是說不好呢？」這真叫我迷惑。「沒什麼奇怪的。」有人這麼回答我：「說不定，他自以為說得多麼好，當然也就不會去留意別人說話的技巧了。」

的確，一個自以為是的人，怎麼會有進步？恐怕還以為，自己的尖酸刻薄是反應敏銳，嘮叨重複是心思細密，還沾沾自喜呢。卻不知在旁人聽來，有多麼討厭了！

書上說：「滿招損，謙受益。」還真有道理。心懷謙虛的人知所不足，也才更能精益求精。而驕傲自大的人，目無餘子，反而阻礙了前進的腳步，也因此失去許多學習的大好機會，真正遭受損失的，何嘗不是自己？

但願我們有一顆寬厚而謙卑的心，願意聆聽別人的話語，也謹慎的說話。說溫暖的、鼓勵的、有益世道人心的話，那麼，這樣的說話，也才是有意義的。說話，真是一種高明的藝術。

差距的迷惑

我的朋友育有一雙兒子，兩個兒子書都讀得好，多麼讓人欣羨。

朋友夫婦都在公家機關服務，多年來的努力，如今工作安定，薪資也高。

老大大學畢業以後，在國小教書，何其穩當的工作！當社會上失業的人口愈來愈多時，相形之下，真是值得慶幸。何況，兒子好文采，還是個作家喔，常在文學比賽中得獎，連我都熟知他的大名。

服務滿五年後，老大要去讀研究所，讀書是好事啊，上進的好兒郎，父母歡喜都來不及，哪有阻撓的可能。問題在於，五年來，兒子不曾孝養父母不說，而且花光了所有的薪水。讀研究所的學費、生活費，都得由父母買單。

老二呢？比老大更早進研究所，大學畢業後就接著念，一念四年，論文遲遲交不出，正在打算是先當兵，還是先把碩士學位拿到手？當然啦，讀書時的所有費用，也由父母負擔。

平日的手機帳單，一律直接寄到家裡，由父母去繳。

聽起來，都很像是「啃老族」。而父母還得看他們的臉色，根本說不得，當然也不敢說。

怎麼會這樣呢？

《格言聯璧》一書裡說：

讀經傳則根柢厚，看《史》《鑑》則議論偉，

觀雲物則眼界寬，去嗜欲則胸懷淨。

多讀經傳，那麼學問的根柢深厚；常看史籍，那麼議論人事的見解精闢恢弘；多觀賞景物，眼界自然寬闊；常祛除嗜欲，胸懷便光明磊落。

讀書，為求上進，所學的，不正是這些嗎？

那兩個兒子到底怎麼了？在大家的眼裡，是會讀書的，書又讀到哪裡去了？或者，父母怎麼了？是由於起始的縱容，才演變成今天這樣的局面？孩子真的是來討債的嗎？還是，父母根本就是提款卡，任憑孩子需索無度？

我讀大學時，我的同學們都過得很節省，不敢亂花錢，但是基本的用度還是要的。我有個同學的母親就跟他說：「美國人十八歲就要獨立靠自己，所以十八歲以後，你就要想辦法養活你自己，我是不會管你的。」

我聽了很震驚，十八歲還在念書，如何養自己？何況那時的社會，連一家便利商店也沒有，要到哪裡去打工呢？幸好，後來系裡要編大辭典，需要工讀生，我的同學因此得以繼續學業，直到畢業。

至於我們，父母說，可以栽培到大學畢業。畢業以後，如果還要讀書，那就得靠自己了。我乖乖的教書賺錢，不敢增加父母的負擔。弟弟則先做事兩年，存了一些錢，再考取公費留學出國深造。也許，在那個淳樸的年代，孩子也更能體恤父母的辛勞，生養不易，父母也已盡了力，我們唯有感恩，從來不敢多加妄求。

現在的孩子是怎麼了？我但願這麼不懂事的孩子只是特例，我也願意相信，在社會的其他角落裡，也多的是孝順貼心的好孩子，而不是對父母予取予求，且視為理所當然。

教導很重要，不只孩子需要教導，有些父母恐怕也一樣有需要呢。

往日時光

我們談起大學時一些有趣的事。

我們都讀中文系，妳在輔大，我在文化。

妳說：「有一年，不知怎麼的，我們班上來了三個濃妝豔抹的女生，還聽說是當模特兒的。」

啊，在那麼淳樸的年代，化濃妝，做太時興打扮的，並不多見，一定備受矚目吧？

「是啊，大家為之側目。和我們也都格格不入，簡直有如外星人。」

「有時，總會跟妳們借個筆記什麼的？」

「沒有耶，」妳說：「也許，是跟男生借吧？」

「妳們住校生，或許不知，通學的，有時候一起搭車，總該知道她們往哪個方向吧。」

「可是聽說，一下課後，就有私家轎車把她們給接走了。」

聽起來，好像只是旁聽。那麼，所為何來？只是要一個大學生的頭銜，好讓她們在業界更顯得清新可人嗎？在大學生不多，仍被視為菁英的年月，說不定，那也會是籌碼之一。

曾有這樣的一句話，讓人心生警惕：

魚離水則鱗枯，
心離書則神索。

魚一旦離開了水，那麼魚鱗就會枯乾，不能存活。人的心中沒有書，那麼思維枯竭，神情衰敗。

讀書，在我們的一生之中何其重要！

我們班，倒曾經好幾次來過一些僑生，都只是旁聽，卻一會兒就不見了。我還記得，有一次，幾個韓國僑生來聽《左傳》的課。課程艱深，老師的鄉音又重，連我們聽起來都覺得吃力，她們哪裡招架得住？第二節課，就銷聲匿跡了。

中文系的課程並不如想像中的輕鬆，經典著作多，文字聲韻訓詁不易，要寫的作業和報告也很多……當年的我們，經常得在宿舍裡，熄燈之後，偷偷的點著蠟燭連夜趕工，曾經蔚為奇觀。

班上也有家境很不錯的同學，然而都很樸素親切，大家的相處融洽，這也是我們在畢業以後一再相聚的原因了。

歲月果真如飛的逝去，然而當年岡上的情誼仍在，溫暖至今。

我們的母親

好朋友的母親是個清秀佳人，我的母親也是。

我們的母親都瘦，體重終身都難得上四十，懷孕時除外。她們都儉省，卻待人寬厚，沉靜，不愛說話。

不同的地方在好朋友的母親出生清貧，很早就負擔家計，原生家庭的經濟拮据，縱使後來嫁給醫生，也不肯浪費。我母親則來自富裕的家庭，嫁給了上進卻家貧的父親，婚後，飽嘗缺錢之苦，唯有勤儉持家，直至晚年，都享有豐裕。

我們的母親都愛看書，好朋友的母親茹素，是虔誠的佛教徒。家母一生與人為善，卻沒有宗教信仰。

她們一生的言行舉止都符合了《格言聯璧》中所說的：

為善最樂，讀書便佳。

行善是最快樂的事，讀書使人更加美善。

為善和讀書，使她們有著善良的心地與嫻靜的氣質，她們都像空谷中的幽蘭，高雅而不同於流俗，幽幽吐露著芬芳。她們的心中另有天地，有所為，也有所不為。遇事，都能冷靜沉著，以智慧，使難題迎刃而解。

我們的母親都在高壽辭世，溫婉的個性和慈悲為懷，讓兒女們懷念至今。

麥田文學 265

日日好話——古典智慧給現代人的生活格言

作　　者　琹涵
責任編輯　賴雯琪
校　　對　吳淑芳

副總編輯　林秀梅
編輯總監　劉麗真
總 經 理　陳逸瑛
發 行 人　涂玉雲

出　　版　麥田出版
104 台北市民生東路二段 141 號 5 樓
電話：(886)2-2500-7696　傳真：(886)2-2500-1966；2500-1967
E-mail：bwps.service@cite.com.tw
發　　行　英屬蓋曼群島商家庭傳媒股份有限公司城邦分公司
104 台北市民生東路二段 141 號 2 樓
書虫客服服務專線：(886)2-2500-7718；2500-7719
24 小時傳真服務：(886)2-2500-1990；2500-1991
服務時間：週一至週五 09:30-12:00；13:30-17:00
郵撥帳號：19863813　戶名：書虫股份有限公司
讀者服務信箱 E-mail：service@readingclub.com.tw
歡迎光臨城邦讀書花園　網址：www.cite.com.tw

香港發行所　城邦（香港）出版集團有限公司
香港灣仔駱克道 193 號東超商業中心 1 樓
電話：(852) 2508-6231　傳真：(852) 2578-9337
E-mail：hkcite@biznetvigator.com

馬新發行所　城邦（馬新）出版集團【Cite(M)Sdn. Bhd.(45832U)】
11, Jalan 30D/146, Desa Tasik,
Sungai Besi, 57000 Kuala Lumpur, Malaysia.
電話：(603) 9056-3833　傳真：(603) 9056-2833

封面設計　黃子欽
排　　版　宸遠彩藝有限公司
印　　刷　前進彩藝有限公司

初版一刷　2013年4月1日　Printed in Taiwan.
初版三刷　2016年6月13日

定價／260元

ISBN：978-986-173-907-6

國家圖書館出版品預行編目資料

日日好話：古典智慧給現代人的生活格言 / 棨涵作.-- 初版. -- 臺北市 : 麥田出版 : 家庭傳媒城邦分公司發行, 2013.04
面；　公分.（麥田文學；265）

ISBN 978-986-173-907-6

855　　102004901